# 谷崎潤一郎 文學散步地圖

## 景點介紹

❶ 春琴堂書店

書店創始人妻子一枝在谷崎家幫傭時，谷崎正發表《春琴抄》，故谷崎親自為書店命名和題字。

❷ 平安神宮

谷崎喜愛此處的櫻花，其小說《細雪》中蒔岡姊妹年年賞櫻之地。

❸ 石村亭

前身為谷崎的府邸——潺湲亭，位於下鴨神社附近。在此完成了翻譯多年的現代語本《源氏物語》。

❹ 祇園森莊旅館（ぎをん森庄）

前身為旅館喜志元，谷崎與第三任妻子松子每年到京都賞花都住於此，稱其為「花之宿」。2010年已結業。

❺ たん熊（北店本店）

著名老牌京都料理店，曾奪得米芝蓮一星，多年深受文人墨客歡迎，谷崎亦曾光顧該店。

❻ 法然院之墓

谷崎長眠處，與妻子松子合葬，其墓石上刻有「寂」字，為谷崎題筆。

## 地圖

3. 石村亭

御蔭通

6. 法然院之墓

今出川通

2. 平安神宮

春琴堂書店

1. 春琴堂書店

丸太町通

鞍馬街道

烏丸通

河原町通

4. 祇園森莊旅館

5. たん熊（北店本店）

五條通

東大路通

# 谷崎潤一郎年表

| 年份 | 歲數 | 作家生平 | 日本大事 |
| --- | --- | --- | --- |
| 一八八六（明治十九年） | 0 | 生於東京市日本橋區蠣殼町2丁目14番地。 | 首次制定並頒佈《小學校令》。 |
| 一八九二（明治二十五年） | 6 | 入讀阪本尋常高等小學校。 | |
| 一九〇一（明治三十四年） | 15 | 家中經濟陷入困境，靠伯父久兵衛資助進入東京府立第一中學就讀。翌年於北村家擔任家庭教師。 | 日本黑龍會成立。中國與英國、美國、日本等多國簽訂《辛丑條約》。 |
| 一九〇五（明治三十八年） | 19 | 府立第一中學畢業後，入讀東京第一高等學校英法語科。 | 日俄戰爭爆發，俄國軍隊接連戰敗。簽訂第二次日英同盟。 |
| 一九〇七（明治四十年） | 21 | 因與北村家女僕積穗福子的戀情曝光而辭去教職。翌年於第一高等學校畢業後，就讀東京帝國大學文學部。 | 發生海牙密使事件，西方列強認可日本侵略朝鮮的行徑，加速日本侵略朝鮮的進程。 |
| 一九一〇（明治四十三年） | 24 | 與小山內薰等人創刊《新思潮》，發表小說《刺青》和《麒麟》。 | 發生幸德大逆事件，日本社會主義者和無政府主義者計劃暗殺明治天皇，後來被捕起訴。日本吞併朝鮮。 |
| 一九一一（明治四十四年） | 25 | 大學三年級時因拖欠學費而遭退學。 | 幕末以來與西方列強簽訂的不平等條約被完全廢除。 |
| 一九一五（大正四年） | 29 | 與石川千代結婚，及後居於東京街小梅町。 | 袁世凱政府接受日本提出的對華二十一條，導致中國爆發排日運動。 |
| 一九一六（大正五年） | 30 | 女兒谷崎鮎子出生，轉居東京元町。 | |
| 一九一七（大正六年） | 31 | 母親逝世，妻女回老家照顧父親期間，開始與情人聖子同居。發表小說《異端者的悲哀》。 | |
| 一九一八（大正七年） | 32 | 拜訪朝鮮半島、中國，同年歸國。 | 日本爆發經濟危機。農村爆發米騷動事件，演變成武裝衝突，參與者逾二百萬人。 |
| 一九一九（大正八年） | 33 | 父親離世，整家移居曙町後再移居小田原，開始與作家佐藤春夫來往。 | 日本於《凡爾賽條約》修正案中，提出「種族平等議案」，終未納入條約中。 |
| 一九二〇（大正九年） | 34 | 擔任大正映畫劇本顧問。谷崎提出離婚並向佐藤春夫提出讓妻協議，惟聖子拒婚以致協議破局，導致翌年二人絕交，是為「小田原事件」。其後移居橫濱。 | 再次陷入經濟危機，經歷十年的經濟蕭條。 |
| 一九二三（大正十二年） | 37 | 遭逢關東大地震，移居兵庫後受關西風情影響，作品糅合大量風土人情、傳統文化，文風逐漸成熟。翌年發表小說《痴人之愛》。 | 發生關東大地震，罹難人數約十四萬。 |
| 一九二六（大正元年） | 40 | 再遊中國，與內山完造、田漢、郭沫若、歐陽予倩等人相識。與佐藤春夫和解。 | 大正天皇駕崩，皇太子裕仁親王繼位，年號改為昭和。 |
| 一九二七（昭和二年） | 41 | 結識第三任妻子根津松子。與芥川龍之介就小說情節展開論爭。七月，參加芥川龍之介喪禮。 | 日本首段地下鐵東京上野至淺草線通車。日本政府救濟台灣銀行失敗，導致全國金融陷於險地。 |
| 一九二八（昭和三年） | 42 | 認識第二任妻子古川丁未子。 | 昭和天皇加冕。發生「三一五」事件，首相田中義一下令逮捕逾千位共產黨人士。 |
| 一九三〇（昭和五年） | 44 | 發生「細君讓渡事件」，谷崎離婚後讓妻予佐藤。翌年與古川丁未子結婚。 | 受世界經濟嚴重衰退影響，濱口雄幸、犬養毅、岡田啟介等內閣主張削減軍費，惹起軍部、右翼組織不滿。 |
| 一九三三（昭和八年） | 47 | 發表散文《陰翳禮讚》和小說《春琴抄》。翌年與弟谷崎精二絕交。 | 天皇批准首相齋藤實發表退出國聯聲明書。 |
| 一九三五（昭和十年） | 49 | 第二次離婚後，再與松子結婚。 | |
| 一九四一（昭和十六年） | 55 | 翻譯《源氏物語》。 | 十二月突襲珍珠港，觸發太平洋戰爭。日軍向南亞擴張，其後佔領香港，開始「三年零八個月」的日佔時期。 |
| 一九四六（昭和二十一年） | 60 | 移居京都。 | 日本婦女首次參加競選。天皇公佈新憲法《和平憲法》。 |
| 一九四八（昭和二十三年） | 62 | 長篇小說《細雪》發表完成。翌年獲頒日本文化勳章。 | 創立警視廳預備隊。遠東國際軍事法庭判處七名日本戰犯死刑。 |
| 一九五四（昭和二十九年） | 68 | 移居熱海別墅。 | 施行新版《警察法》，警察廳設置，並成立自衛隊。 |
| 一九五八（昭和三十三年） | 72 | 有中風徵象，此後作品均以口述創作。 | 東京鐵塔完工，正式對外開放。 |
| 一九六一（昭和三十六年） | 75 | 發表長篇小說《瘋癲老人日記》。翌年獲美國作家賽珍珠推薦提名諾貝爾文學獎。 | |
| 一九六五（昭和四十年） | 79 | 因腎病離世，長眠於京都法然院，另分骨葬於東京慈眼寺。 | 簽署《日韓基本條約》，與韓國建立邦交。 |

春琴抄

谷崎潤一郎 著
たにざきじゅんいちろう

楊曉鐘 譯

しゅんきんしょう

# 一片飛花在樹梢

## —— 近代日本文學譯著導讀

陳煒舜

香港中文大學中國語言及文學系副教授

　　香港三聯書店出版四冊近代日本文學譯著，分別收錄夏目漱石（1867-1916）、谷崎潤一郎（1886-1965）、中島敦（1909-1942）和太宰治（1909-1948）等四位名家的小說、隨筆集。編輯同仁囑我就日本近代文學之背景、脈絡略作介紹。對於日本文學，我心雖好之，但畢竟非專業研究者，故僅能就研讀知見之一隅與讀者諸君分享，尚蘄玉正。

　　學界對日本文學史的斷代各有差異，但大致可分為上古（八世紀至十二世紀）、中古（十三世紀至十六世紀）、近古（十七世紀至十九世紀中葉）、近代（明治、大正、昭和時期，1868-1945）及現代（二戰以後）幾個階段。西元1868 年，明治天皇（1852-1912）發表《五條御誓文》，正

式開啟「明治維新」的序幕，標誌著日本現代化的開端。而日本近代文學史，也同樣以「明治維新」為起點。在社會變革之下，日本舉國對船堅炮利之實學大感興趣，政府對於人文學科則採取蔑視放任的態度，以致文學之「開化」未必能與整體的現代化完全同步。不過在福澤諭吉（1835–1901）等啟蒙思想家的影響下，日本引進了大批西方哲學（包括美學）、文學、政治學等人文社會學科的書籍，促進了近代文學的發展。

就小說而言，日本近代小說鼻祖坪內逍遙（1859–1935）高揚寫實主義理論，正是對整個社會風氣的呼應，其《小說神髓》對近代文學影響深遠。坪內逍遙之外，二葉亭四迷（1864–1909）接過寫實主義旗幟，其思想不僅受到俄國別林斯基（V. G. Belinsky, 1811–1848）的教養，也源於儒家感召。與此同時，森鷗外（1862–1922）受到德國美學思想影響，傾向於浪漫主義立場，與坪內逍遙就文學批評之標準問題展開論爭。兩種文學取向，既奠定了日本近代文學的基調，也確立了小說在文學界的主導地位。

1885 年 2 月，尾崎紅葉（1868–1903）、山田美妙（1868–1910）等四人組織成立硯友社，該社與傳統以漢

詩、俳句唱和的結社不同，將創作文類拓寬至小說等，雅俗兼顧，集合了一群年輕小說家，如廣津柳浪（1861–1928）、川上眉山（1869–1908）、巖谷小波（1870–1933）、田山花袋（1872–1930）、泉鏡花（1873–1939）、小栗風葉（1875–1926）等。這些作者後來在明治、大正及昭和文壇皆成為了獨當一面的大將。雖然他們的文學取向各有不同（如泉鏡花主張浪漫主義、田山花袋主張自然主義等），並未合力以硯友社的名義來建構統一的文學理論，但該社一度在日本文壇具有支配力量，影響甚大。

專制與自由並存的明治時代，寫實主義在坪內逍遙、二葉亭四迷以後並未得到長足發展。終明治一代四十年，源自西方的自然主義運動一直大行其道。1887 年，森鷗外把左拉（Emile Zola, 1840–1902）為代表的自然主義介紹到日本，隨後小杉天外（1865–1952）、田山花袋、永井荷風（1879–1959）等人皆成為這個流派的代表人物。自然主義文學揭櫫反道德、反因襲觀念的旗幟，主張追求客觀真實，一切按照事物原樣進行寫作，以冷靜甚至冷酷的筆觸來描寫一切對象，強調排除技巧，摒棄加工和幻想，成功完成了「言文一致」的革新。自然主義作家突破想像的樊

籬，因而發展出以暴露作者自我內心為特點的「私小說」，獨具特色。尤其是島崎藤村（1872–1943）《破戒》與田山花袋《棉被》的問世，將自然主義運動推上高峰。

然而，自然主義是明治時期「拿來主義」在文壇上的體現。十九世紀中後期的歐洲流行自然主義文學，有其自身的邏輯脈絡，茲不枝蔓，但日本並未仔細尋繹便採用「橫的移植」手段，罔顧了自身的社會特徵。因此，當時有評論家對「私小說」的創作範式頗為不滿，批評這種書寫策略過於消極，且無益於社會精神之塑造。夏目漱石便是當中重要的質疑者。作為寫實主義巨擘，夏目往往被中國讀者與魯迅（1881–1936）相提並論。比起自然主義作家以單純記錄的方式來創作，夏目更看重對生存之意義與方法的探討。他的作品十分強調社會現實，富於強烈的批判精神，人物刻劃細膩，語言樸素而幽默近人。其成名作《我是貓》以貓的視角對主人公苦沙彌等人加以觀察，嘲弄了日本知識分子四體不勤而五穀不分、紙上談兵而妙想天開、生活清貧而無權無勢的特性。而「人生三部曲」——《三四郎》、《後來的事》和《門》，雖然各為獨立故事，卻一脈相承地以愛情為主題，揭示出人生的真實本質。夏目

漱石的小說，華人讀者並不陌生；而編輯同仁這回另闢蹊徑，出版其隨筆集，應能使讀者更深入地了解其人、欣賞其文。

　　明治末期，自然主義風潮逐漸消退，白樺派（理想主義）、新思潮派（新寫實主義）和耽美派（新浪漫主義）成為大正時期（1912–1926）文壇領軍。白樺派的武者小路實篤（1885–1976）是反戰作家，作品受到魯迅、周作人（1885–1967）的稱許和譯介。新思潮派的領軍人物芥川龍之介（1892–1927）被視為與森鷗外、夏目漱石三足鼎立的小說家，以歷史小說來反映現實、思索人生。耽美派反對自然主義重視「真」遠甚於「美」，認為如此會壓抑人性的自然欲望。然而耽美派對人性自覺乃至官能享樂的注重，卻顯然孳乳於自然主義。作為耽美派的首腦，谷崎潤一郎甚至提出「一切美的東西都是強者，一切醜的東西都是弱者」，不僅讚許自然美，更讚許官能性的美，為追求美甚至可以犧牲善，與波德萊爾（C. P. Baudelaire, 1821–1867）的《惡之花》（*Les Fleurs du mal*）于焉相應，因此有了「惡魔主義者」的稱號。如谷崎成名作《刺青》中，刺青師清吉物色到一位「能供自己雕入精魂的美女肌膚」的女孩，

施以麻醉後，以一天一夜時間在她背上雕刺出一隻碩大的黑寡婦蜘蛛。女孩醒後「脫胎換骨」，宣稱清吉就是自己第一個要獵殺的對象。自傳體小說《異端者的悲哀》中，主人公章三郎因生活貧困而對人生絕望、對道德麻木，卻夢想過放蕩不羈的生活。至於《春琴抄》中對施虐與受虐快感的描畫，更令人驚心動魄。

　　1926 年，昭和天皇（1901–1989）繼位。而中島敦和太宰治兩位，皆可謂純粹的昭和作家。昭和早期，無產階級文學風行，但隨著軍國主義的政治干預而式微。佐藤文也說：「日本的作家在戰爭中大致分為三派：一是像雄鷹般兇猛地渲染戰爭狂熱思想的宣傳者，可以稱之為『鷹派』；二是像鴿子般老實卻又喜歡被主人放飛在外，不碰紙筆以沉默示意的不滿者，可以稱之為『鴿派』；三是像家雞一般被主人強行圈養起來，被迫加入了『鷹派』的妥協者，可以稱之為『雞派』。而太宰治卻不在這三派之中盤旋，好似鶴立雞群般經常在浪漫主義色彩的題材中渲染出獨特的幽默風範，可以稱太宰治為『鶴派』，這一點讓太宰治在戰爭時期的作品受到了文學界及讀者的好評，並得到支持。」（〈太宰治寫給中國讀者的小說，你讀過嗎？〉）與太宰治

不同，中島敦對治現實的方法是撰寫歷史小說。中島於1933 年完成的大學畢業論文題為《耽美派研究》，深入探討森鷗外、永井荷風、谷崎潤一郎等作家。然而，他後來的創作則繼承了新思潮派的傳統，以歷史小說最為著名，因此贏得「小芥川」之譽。中島敦的歷史小說多取材自中國古籍，無論子路、李陵等歷史人物，抑或李徵、沙悟淨等小說人物，都能予以嶄新的詮釋，以回應時代，令人眼前一亮。可惜中島於 1942 年便英年早逝，年僅三十三歲，無法與讀者繼續分享其文學果實。

　　相比之下，太宰治的文學道路與中島敦頗為不同。太宰治最著名的小說《人間失格》發表於 1948 年，亦即他自殺當年；在後人心目中，這部作品奠定了他「無賴派」（或稱反秩序派）代表作家的地位。不過，無賴派的興衰僅在1946 至 1948 年的兩三年間，反映出戰後青年虛無絕望乃至叛逆的心態。而太宰治早慧，十七歲寫出《最後的太閤》，短暫一生中有不少名作傳世，而是次譯著僅收錄他發表於1945 年的作品《惜別》與短篇小說集《薄明》，可謂慧眼獨具。當然，在《薄明》的六篇短篇小說中，主人公無一例外地表現出頹靡無力之感，這與稍後作品《人間失格》

的主旨一脈相承，反映出作者自身特殊的遭際和心理特質。而《惜別》則為紀念魯迅而作，以在仙台醫專求學時的魯迅為原型。太宰治筆下的魯迅年方弱冠、胸懷壯志，卻又在鄉愁、迷惘與希冀中徘徊，在經歷一系列事件後棄醫從文。儘管《惜別》的主人公往往被看成是「太宰治式的魯迅」，是作者透過魯迅的形象來安放自身的靈魂，但這部作品無疑打破了華人讀者對於魯迅那刻板的神化印象，值得細細玩索。

譯著所涉四位小說家皆是日本近代文學時期的著名人物，年輩雖有差異，但在文壇的主要活躍年代都在二十世紀前半。夏目漱石、谷崎潤一郎漢學造詣甚深，皆有漢詩作品傳世。明治維新後，日本漢詩創作景況日漸零落。而中島敦成長於大正、昭和時期，卻因漢學世家淵源之故，仍喜漢詩創作，在平輩間不啻鳳毛麟角，值得關注。太宰治不以漢學漢詩著稱，然亦鍾情於中國文化，如他的《清貧譚》、《竹青》皆取材於《聊齋志異》，前文談到的《惜別》則以魯迅為主角，不一而足。這些知識對於華人讀者來說大概都是饒有興味的。讀者諸君在瀏覽這輯譯著後，若能觸類旁通，對四位小說家乃至整個日本近代文學有更深入

的了解，這篇膚淺的塗鴉就可謂功德圓滿了。謹以七律收束曰：

貓眼看人吾看貓。善真與美孰輕拋。
沙僧猶自肩隨馬，迅叟應嘗淚化鮫。
意氣文雄夏目助，幽玄節擊春琴抄。
年年舊恨方重即，一片飛花在樹梢。

2022 年 1 月 16 日

# 關於谷崎潤一郎

—— 寫在《春琴抄》前

楊曉鐘

谷崎潤一郎（1886-1965）是日本唯美派文學大師。1886 年出生於東京一個富裕家庭，後來家道中落。1908 年他進入東京帝國大學國文系，人生觀及創作觀逐漸形成。1910 年，他發表了唯美主義短篇小說《麒麟》和《刺青》。《刺青》中，一位以刺青為業的青年畫工，擇取一位理想女性，以刺青的手段，將其變為「魔女」，作品構思新穎，趣味獨特，其早期作品追求從嗜虐與受虐中體味痛切的快感的特點已很充足。這兩篇作品受到日本唯美主義大師永井荷風的青睞，永井讚賞他為日本文壇開拓了不曾有人涉足之領域，谷崎潤一郎從此一鳴驚人，登上日本文壇。

谷崎的許多作品傾向頹廢，追求強烈的刺激、自我虐待的快感和變態的官能享受，因此，他自稱為「惡魔主

義」。他的代表作《春琴抄》中，男女主人公佐助和春琴二人於受虐與施虐之中，展示了畸變的人物性格和嗜好、施虐與受虐的病態快感，讀來令人觸目驚心。主人公佐助為了保留他心目中女神春琴之美，不惜用針刺瞎了自己的雙眼。這其中體現的對於女性美的膜拜，也是谷崎作品中一以貫之的主題。這篇文章曾被改編為電影，由三浦友和與山口百惠主演，風靡一時。

1918 年，谷崎隻身至中國東北、北京、天津、湖北、江浙等地遊歷，返國後創作了《蘇州紀行》、《秦淮之夜》、《西湖之月》等，並擔任了中日文化交流顧問。

1923 年日本關東大地震，谷崎全家遷居京都。京都獨特的自然人文環境激發了他的創作熱情，關西地區的風土人情成為他後半生創作的背景。這段時間他的代表作《細雪》，以京都、大阪方言寫就，以四姐妹的婚姻生活為主線，穿插日本傳統的觀花、賞月、捕螢、舞蹈等活動和各種風流韻事，問世後在各國文壇受到好評。井上靖甚至認為，《細雪》不僅是谷崎個人的巔峰之作，同時也是整個昭和文壇的優秀代表作之一；而薩特則盛讚《細雪》為「當代日本文學的最高傑作」。1960 年代，美國作家賽珍珠推

薦谷崎提名諾貝爾文學獎，他成為日本早期少數獲此提名的作家之一。

1965 年，谷崎潤一郎去世，其墓地立有兩塊青石，其上分別刻著「空」、「寂」二字。

谷崎是日本唯美主義流派成就最高、影響最大的作家。他受到西方唯美主義思潮的深刻影響，但不墨守成規，又融合了日本文化特有的細膩優美的特點，因此，他的創作並未隨日本唯美主義文學的衰落而沉寂，而在其漫長一生中堅守了唯美的真諦。

谷崎潤一郎不但在日本文壇上獨樹一幟，佔有重要地位，其獨特的風格也影響了中國的現代作家，如郁達夫作品中表現出來的「性之苦悶」，就明顯帶有谷崎作品的影子。

《春琴抄》一書，選取了谷崎作品中較具代表性的幾篇：《春琴抄》、《刺青》、《少年》、《異端者的悲哀》，可窺谷崎作品之一斑。

# 目錄

# 春琴抄

春琴，原名鵙屋琴，是大阪道修町一位藥材商的女兒，卒於明治十九年十月十四日，葬在市內下寺町一座淨土宗的寺廟內。前幾日路過那裏，突然萌生想去祭拜一下的念頭，於是移步寺裏請求指引。一位小和尚告訴我：「鵙屋家的墳地在那邊。」隨即帶我走向正殿後方。只見一片山茶花鬱鬱蔥蔥，山茶花下便是鵙屋家歷代的墳墓。然而數座墳墓中卻不見春琴的，鵙屋家的女兒理應都是葬在這裏的啊。那和尚沉思片刻：「還有一處，應該是那裏吧。」於是帶我走上東面一處陡峭的台階。我知道下寺町東面有片地勢較高的地方，有座生國魂神社，這段陡峭的台階就是寺內通往那裏的通道。那裏有一片樹木，在大阪並不多見，鬱鬱蔥蔥枝繁葉茂，春琴的墓就在這片坡地中，建在一處稍微平緩的空地上。墓碑正面刻著她的法號「光譽春琴惠照禪定尼」，背面寫著「俗名鵙屋琴，號春琴，卒於明治十九年十月十四日，享年五十八歲」，旁邊寫著「門生溫井佐助立碑」。雖然春琴一生姓鵙屋，但事實上和這位門生溫井形同夫妻，所以去世後才沒有葬在鵙屋家的墓地而另尋他處了吧。聽這位和尚說，鵙屋家家道中落，這些年鮮有族人前來祭拜，春琴的墓更是無人問及，可能根本沒把她當自家人看吧。「這位施主豈不是孤零零的？」小和尚回

答：「並非如此，住在萩茶屋的一位七十歲左右的老太太每年會來祭拜一兩次，然後是那邊，你看，有座小墓。」說著便指向左邊另外一座墓，「她一定會給那座墓燒香獻花並且留下誦經的錢」。我走到小和尚說的那座小墓跟前一看，墓碑只有春琴的一半大，正面刻著「真譽琴台正道信士」，背面寫著「俗名溫井佐助，號琴台，鵙屋春琴門生，卒於明治四十年十月十四日，享年八十三歲」。這就是溫井檢校 ❶ 的墓地。萩茶屋的老婦人後文還會涉及，這裏就不再贅述。溫井的墓比春琴的小，墓碑上寫明是春琴的門生，可見溫井希望死後依舊恪守師徒之禮。此刻正值黃昏，紅彤彤的夕陽照在墓碑上，我在山丘上駐足遠眺，欣賞著腳下廣闊的大阪市。也許難波津（大阪市的古稱）這裏自古以來就是綿延的丘陵地帶，從這裏向西一直延伸到天王寺附近。如今這些草木飽受煙塵之害顯得毫無生機，滿是灰塵的枯樹很是煞風景，我想建造這些墓地的時候這裏還是一片鬱鬱蔥蔥生機盎然吧，即便是現在，市內的墓地也數這裏最為清靜、視覺最好了。現在，這對身陷奇緣的師徒長眠於此，在夕陽中俯視著這座聳立無數高樓大廈的東亞第

---

❶ 古代授予盲人的最高級官名。——譯者注

一工業城市。大阪早已不是檢校在世時的模樣，可是兩座墓碑卻在這裏訴說著師徒二人的深情。溫井檢校一家信奉日蓮宗，除了檢校，溫井一家都葬在故鄉江州日野町的一座寺廟裏。檢校背棄祖祖代代信奉的日蓮宗，將墓地落在淨土宗，完全是為了長伴春琴。春琴在世時，早已定好法號，選好墓碑的位置和大小。目測春琴的墓碑大約六尺，檢校的不足四尺。兩塊墓碑皆立在低矮的石板底座上。春琴墓的右邊種著一棵松樹，翠綠的松枝伸展開，彷彿屋頂般籠罩著墓碑。樹冠之外，離春琴墓兩三尺的地方，檢校的墳墓形如鞠躬侍坐一旁。目睹此景，不禁讓人浮想起檢校生前畢恭畢敬勤勞侍師如影隨形的場景，如今碑石有靈，也在訴說著當年的幸福。我在春琴的墳墓前恭謙地跪拜行禮，隨後撫摸著檢校的碑石低首徘徊，直到黑暗吞沒城市遠方最後一抹夕陽。

最近我得到了一本叫做《鵙屋春琴傳》的小冊子，成為開啟我了解春琴之門的一把鑰匙。這本書用四號字印刷在楮樹皮製的和紙上，大約三十頁，也許是為了紀念春琴三周年，弟子檢校託人將恩師春琴的生平出版成冊的吧。內容用文章體記敘，檢校以第三人稱的方式出現，但是素

材無疑是檢校提供的，可以認為其真正的作者就是檢校本人。根據文中記載：

　　春琴家世代號稱鵙屋安左衛門，居於大阪道修町經營藥材，到春琴的父親已是第七代。母親出身京都麩屋町跡部氏，嫁入安左衛門生有兩男三女，春琴為次女，生於文政十二年五月二十四日。

又寫道：

　　春琴自幼聰穎，容貌端莊秀麗，高雅之姿無人可及。四歲習舞，舉止進退分寸拿捏極佳，身段優美豔麗，舞姬猶不可及，師傅經常嘖嘖不已：此女資質可成大器，名揚天下指日可待，生於良家幸兮哀兮。早年學習詩書，進步頗快，遠在兄弟二人之上。

　　此書出自檢校之手，而檢校一向視春琴為仙女一般，因此有幾分可信便不得而知，但是春琴的端麗高雅卻是有證可尋。當時女性都不高，春琴也不足五尺，五官四肢生得嬌小。從現在流傳的春琴三十七歲時的照片來看，她瓜子臉，鼻子眼睛精緻小巧得好似手指捏出來似的。這張照片大約拍攝於明治初年或是慶應年間，到處可見斑白，彷彿遠久的記憶般，所以才會給人上述的感覺吧。照片不是很清楚，給人的感覺像是出身大戶人家，倒也端莊秀

麗，但是缺乏個性，讓人感覺印象不深。照片上的樣子說是三十七歲倒也符合，但是也有人說顯得還不到二十七八歲。此時的春琴已經失明二十餘年，但照片上看起來更像是閉著眼睛。佐藤春夫曾經說過，聾者顯愚，盲者若聰。聾者想要知道對方說什麼就不由得眉頭緊鎖眼口張開，歪著頭或是略微仰著，總讓人感覺有些呆板，而盲人端坐正視前方，神似閉目沉思，讓人覺得非常有內涵。不曉得大家是否認同。也許是因為我們看慣了菩薩的眼睛。菩薩慈眼看眾生，他半閉著雙眼，於是比起睜大的雙眼，閉目反而更讓人覺得慈悲珍貴，不由得心懷敬畏。春琴似閉的雙眼正是如此，或許是因為她慈眉善目，所以看她的照片讓人覺得好像在拜一張舊觀音像，有種慈悲感。聽說春琴的照片只此一張，她年少時尚無照相技術，留下這張照片的同一年發生了什麼災禍，之後春琴再也沒有照相，因此我們只能憑這張照片猜想春琴的風姿。看到以上描述，讀者會想像出怎樣一個春琴呢？也許只是一個模模糊糊不夠清晰的影子，但是即使看這張照片，我想也無法描述得更加清楚了，興許看到實物後反而覺得不如自己的想像美好。想想春琴留下這張照片時年方三十七，檢校也盲了，春琴留給檢校最後的影像應該和這張照片差不多，於是存留在

檢校晚年記憶中的春琴應該同這張朦朧的照片是一樣的。也有可能記憶逐漸褪去，於是憑空想像，記憶中的春琴已是另外一位尊貴女人的模樣。

《春琴傳》中又云：

父母視春琴如掌上明珠，五子中對此女鍾愛有加，無奈九歲時不幸染上眼疾不治而盲，母親悲傷不已，憐惜幼兒至極，以致怨天尤人，幾近瘋狂。至此，春琴斷了習舞之念，專注練習三弦琴，立志於絲竹之道。

究竟春琴患上何種眼疾無人知曉，傳記中也未多提，但後來檢校對他人說到，所謂樹大招風，他人嫉恨師傅才藝出眾，一生中遭遇他人兩次暗算，師傅命運多舛完全是這兩次暗算造成的。由此看來事情另有隱情。檢校又說過師傅患的是風眼。雖說春琴嬌生慣養性格傲慢，但是言行舉止惹人憐愛，對下人體貼有加，性格也很開朗，兄弟姐妹鄰里之間也相處得非常和睦，只有小妹的乳母私下裏因父母的偏愛遂對春琴懷恨在心。眾所周知，風眼是性病的病菌感染眼部黏膜而起，按照檢校的說法，應該是乳母背地裏暗算導致春琴失明。這究竟是事實還是檢校的揣測，我們不得而知，但看春琴後來暴躁的性格，也許就是受到

這些事情的影響。但是也不能只看這些，檢校這麼說，也許是對於春琴的不幸過於悲憫，漸漸地開始臆想這些皆為他人所害，乳母加害一事興許也是憑空想像而已。因此，對春琴失明的原因這裏不敢妄加揣測，記下九歲失明的事實足矣。

文中還提到「至此，斷了習舞之念，專注練習三弦琴，立志於絲竹之道」。也就是說春琴寄情於音律，專心練習三弦琴，立志於絲竹之道是在失明之後。檢校經常回憶說「春琴自己認為那些讚嘆她琴技的人是因為不知道她真正天分是舞蹈，如果眼睛能夠看見，自己絕不會踏上音律之道的」。可以看出春琴自詡在不擅長的音律方面尚可有如此造詣，可見她的傲慢絕非等閒。檢校的這些說法多少添加些許修飾，但是可以猜想，春琴一時任性有感而發的一句話，檢校便銘記於心，為了美化她而刻意誇大。前文提到住在萩茶屋的老婦人叫做鴫澤照，是生田流的勾當 ❶，伺候晚年的春琴和溫井檢校，和他們非常親近。聽這位勾當

❶ 生田流：箏曲的一個流派，創始人為江戶中期京都的生田檢校，主要流行於關西，和關東的山田流齊名，比起古箏更注重三弦琴。勾當：盲人官名，次於檢校，由於女性不能被封為檢校故為女性的最高官職。明治四年（1871）被廢除，後來成為生田流特有的稱謂。── 三好行雄加注

說，恩師（指春琴）舞藝精湛，五六歲開始便得春松檢校真傳，此後一直勤加練習，因此失明之後才專注於樂曲。按照當時的習俗，良家子女很早便開始學習才藝，而恩師十歲就記住了複雜的《殘月》，能夠獨自彈奏，其在樂曲方面的才能也是與生俱來無人可及的。失明之後無以為樂，便專心此道，沉醉其中。此種說法也許可靠。春琴為世人所知的才能在於音樂，但其舞藝究竟到達何種境界，這不得不讓人好奇。

由於毫無生計之憂，所以起初春琴投身音樂未曾想過以此為業，後來春琴自立門戶教授琴藝可能另有內情。即使這樣，她並沒有以此為生，每個月家裏會送道修町不少錢銀，其數量遠在教琴之上，然而依然無法支撐她的奢侈和揮霍無度。這樣看來，起初春琴對未來並未做出太多打算，僅作為愛好潛心修琴，加上過人的天賦，記載中「十五歲時琴藝精進無人能敵，同門弟子中無人可及」，也許是事實吧。據鴫澤照勾當所言，恩師引以為傲的是「春松檢校非常嚴厲，唯獨對我鮮有批評，褒獎有加，只要我去師傅必定親自教授，如此親切和藹，讓我有些不明白那些人為何如此懼怕師傅」。因此恩師並未受修行之苦，但卻成就如

此琴技，只能稱之為天賦。也許因為春琴是鵙屋家的小姐所以對她尤其寵愛，再嚴厲的師傅也不能像對待其他徒弟一樣苛責，加之雖出身富貴卻不幸失明，多少對這個孩子有些同情，更為重要的是檢校愛才，所以對她關愛有加。春松檢校對春琴的寵愛堪比親生，倘若春琴抱恙不能上課，春松檢校便會派人前往道修町，或親自持杖前往。春松檢校以春琴為榮，經常向人炫耀，在眾位專業門徒齊聚之時也常常訓誡他們：「要以鵙屋家的小姐為榜樣❶，一群要以此為生計的專業學徒竟還不如一位業餘的小姐，不覺得慚愧嗎？」當有人譴責他對春琴過於疼愛時，春松反駁道：「說什麼呢？為師之道越是嚴厲越顯親切，我尚未責備過她證明關切還不足兮，此女天生藝道之才，悟性極高，即使不加管教也會無師自通，只要用心栽培定會後生可畏有所成就。你們這些以此為業的弟子應該覺得難為情吧，竟然有人說對那麼一位養尊處優的小姐無需用心教授，而應花費心思去教那些愚鈍之人，這是何等的謬論！」

---

❶　大阪將「小姐」稱為「大姐」或「阿姐」，與姐姐相對應，將妹妹稱為「小阿姐」或「小女」等。稱呼如此區分，至今猶然。大概因為春松檢校對春琴的姐姐也同樣進行琴曲的入門教育，與鵙屋家關係密切，才這樣稱呼春琴的。——原文加注

春松檢校的家在靭町，離道修町鵙屋家的藥舖大約十町 ❶ ，春琴每天由店裏的小夥計牽著去學琴，這個小夥計就是年輕時的佐助 —— 後來的溫井檢校，與春琴有著不解之緣。前文說過，佐助出身江州日野，本家原也是做藥材生意的，祖父和父親當學徒時來到大阪，在鵙屋家的藥舖見習過，實際上對佐助來講，鵙屋家世代都是他們的主子。佐助比春琴大四歲，十三歲的時候就來當學徒，春琴九歲失明，所以佐助來的時候，春琴美麗的眸子已然失去了光彩。沒能目睹春琴的明眸，佐助對此並不遺憾，反而覺得非常幸福。如果見過春琴失明以前的樣子也許會覺得失明後的她美中不足，然而佐助並沒有覺得春琴的容貌有任何不妥，打從一開始就覺得非常完美。如今大阪上流社會紛紛將宅邸遷往郊外，公子小姐也喜歡在郊外進行各種活動，可以接觸到新鮮空氣和陽光，那種住在深閨足不出戶的女孩子基本沒有了。而城裏的孩子普遍體格較弱臉色蒼白，和那些生長在農村的姑娘小伙子比起來，說得好聽點叫白淨，其實就是不健康，不僅是大阪，這算得上是大城市的通病。但是江戶時期的女孩子以小麥膚色為榮，不

---

❶　長度單位，一町約為一百零九米。—— 三好行雄加注

如現今京阪的白皙。大阪傳統家庭裏生長的公子哥兒雖說是男人，但個個都像戲劇裏的少爺一樣瘦弱，三十歲左右臉上才會有些紅暈，脂肪迅速堆積，一副福祿相，在此之前便和女人一樣膚色白皙喜好穿著，一副羸弱樣。現在尚且如此，更何況舊幕府時代生於好人家的那些大家小姐，整日慣養在並不衛生的深閨之中，其皮膚該是何等的白皙清透啊！這在出身農村的佐助眼裏是多麼的妖豔。此時，春琴的姐姐年方十二，妹妹六歲，對鄉下出身的佐助來說都非常稀奇，盲女春琴的氣質更是打動了佐助，覺得春琴微閉的雙眸更加明亮美麗，五官搭配非常和諧，不容絲毫改變。都說三姐妹中春琴性格最好，倘若是事實，恐怕也多少帶有對她不幸遭遇的憐憫之情。但對佐助而言並非如此，後來佐助常說，自己對春琴的感情並非憐憫或者同情，最厭煩別人這樣看他，並對有人那樣想而感到失望。「面對師傅的容顏，我從沒想過可憐可悲，跟師傅比起來，我更悲憫那些眼睛明亮之人，師傅那樣的氣質性格，何需他人同情。值得同情的反倒是我：『佐助你多麼可憐啊！』我和你們五官齊全卻不及師傅一分，我們不才是殘疾嗎？」後來來看，佐助起初對春琴只是深藏在心的強烈崇拜，畢恭畢敬地認真伺候著，還沒想過什麼愛慕之情，即使有，

也想著對方高高在上，是自己主人家的小姐，只能如神一般崇敬仰視著，每天能和小姐走在一起便是莫大的安慰。一個新來的小夥計便負責牽引小姐走路，這似乎不合常規，但起初這份工作並不是佐助一人的，有時是家裏的女傭，有時是其他小夥計。後來春琴說想要佐助帶路，於是就變成佐助一人的活兒了。十四歲的佐助感到非常榮幸，總是將春琴的小手放在自己的掌中，帶領春琴前往十町以外春松檢校的家裏，待練習結束後再護送回家。一路上春琴並不多言，小姐不開口佐助也很少說話，只是小心翼翼地伺候著。有人問春琴為何選佐助侍奉左右，春琴回答「他最懂事聽話從不多言」。春琴原本聰慧可愛討人喜歡，前面已經提到過，可自從失明後就變得脾氣古怪心事重重，少見心情爽朗面露笑意，終日沉默寡言，也許因為佐助不說閒話只是恪盡職守，不會妨礙到春琴，所以才中意他。（佐助說他不喜歡春琴的笑臉，大概因為盲人笑起來顯得有些呆傻可憐，佐助從感情上無法接受吧。）

不多言不礙事果真是春琴選擇佐助的真正原因嗎？佐助的愛慕之情春琴也許隱約能夠感覺到，雖然還是個孩子，但也會覺得欣喜。也許有人覺得十歲的女孩不會有那

種感情，但春琴生性聰穎早熟，加上失明之後第六感尤為敏感，所以也不能說是無端的猜想。氣性極高的春琴後來對於自己的感情不肯明示，許久沒有答應佐助。這當中還有很多疑問，但最初春琴的心裏並沒有佐助，至少佐助這樣認為。為春琴帶路時，佐助將左手伸出，與春琴肩膀差不多高，掌心向上，牽起春琴的右手。對春琴來講，佐助就是一個手掌。偶爾有其他吩咐時僅是一個動作一個表情，或是像猜謎一般只說一兩個字，從不明示你去做這或去做那，稍不用心肯定會招小姐厭煩，所以佐助不敢落下春琴任何一個表情一個動作，時刻保持高度緊張，這樣做也是在觀察自己受重視的程度吧。原本就是任性嬌慣的小姐，再加上有意的刁難，完全不給佐助任何疏忽大意的機會。有一次，等待春松檢校指導練習時，春琴突然不見了，佐助慌忙去找，原來是趁佐助不注意去上廁所了。想去廁所的時候春琴總是默不作聲，看到春琴想要出去，佐助總是立馬追上去，一直帶她走到門口，等她出來時為她洗手。這次佐助稍有疏忽，春琴就那麼自行摸去廁所了。佐助飛奔過去的時候春琴已經出來，正要舀水洗手，佐助顫抖著聲音說：「實在對不起啊！」「已經不用了。」春琴搖著頭。面對那句「不用了」如果僅僅說「是嗎？」然後

離開肯定不行，不如直接搶過勺子幫她舀水，這就是佐助的秘訣。某個夏天的下午，一樣是在等候春松檢校指導的時候，佐助小心翼翼地在身後伺候，春琴彷彿喃喃自語般說了句「好熱啊」。佐助附和道「是啊，好熱」。春琴什麼都沒說，許久後又說了句「好熱啊」，佐助這才明白過來，趕緊拿出身後的蒲扇伺候，稍有怠慢就又會說「好熱啊」。春琴就是這樣固執任性，然而對其他下人並非如此，也就對佐助這樣而已。春琴骨子裏本就任性，加上佐助極力迎合，就顯得對佐助特別苛刻了。春琴認為佐助最為貼心的理由也在這裏，佐助並不覺得這是份苦差事，甚至感到高興，所以任由春琴作弄使壞，反而覺得是對自己的格外恩寵。

　　春松檢校教授弟子的房間在裏間二層，等輪到春琴時佐助便扶著春琴上樓梯，面向檢校擺好古箏或三弦琴，然後暫且退到休息間，等練習結束後再去接春琴。即使是等候的這段時間，佐助也絲毫不敢大意，豎起耳朵聽著外面的動靜，結束後不等呼喚就立即趕上前去。這樣，春琴所學的曲目佐助自然也受到薰陶，音樂方面的興趣也是此時培養起來的。佐助後來成名，當然也是因為有天分，但是

假使沒有服侍春琴這段經歷，倘若沒有想要與春琴彼此交融的熾熱愛情的話，恐怕也就只是為鵙屋家開設分號的一個小藥商吧。後來失明成為檢校後，佐助常說自己的琴技遠不如師傅，一切承蒙師傅的點化。佐助把春琴捧得高高在上，自己則謙卑退讓一兩百步，所以他的話並不完全可信。琴技孰高孰低姑且不說，春琴天資聰穎而佐助刻苦努力，這一點毋庸置疑。

十四歲那年年底，佐助想偷偷地買把三弦琴，於是將東家給的微薄補貼和別人給的賞錢偷偷地攢起來。第二年夏天，終於買了一把不太好的琴，又怕被人發現後受到責問，於是將琴杆和琴身分別放在屋頂和寢室，等到夜深人靜時獨自練習。當時的佐助是為了繼承祖業來當學徒的，根本沒有想過要以琴師為業，也沒有這個自信，只是對春琴過於忠心愛屋及烏罷了，更沒有想過以音樂博得春琴的好感，極力隱瞞學琴之事便足以證明。佐助和工頭小夥計五六個人共住一屋，房間低矮，直起身子就能碰到頭，佐助向他們保證不影響他們休息，以求為自己保密。夥計都是年輕人，正是貪睡的年紀，一上床便睡著了，因此也鮮有怨言，可是佐助再睏，都會等他們熟睡之後取出棉被鑽進壁櫥裏苦練。屋頂本就悶熱，夏季夜晚的壁櫥更不用

說，但是在壁櫥裏既可以防止聲音傳出，也可以阻斷打鼾聲和說夢話的聲音，用來練琴最適合不過了。當然，練習的時候不能用撥片，只能用指甲，沒有燈光只好摸黑練習。但是佐助未感不便，失明的人不是經常這樣彈琴嗎？小姐也是在這樣一片黑暗中彈著三弦琴，就這麼在一片黑暗中練習是無上的樂趣。後來，佐助被允許和小姐一起練習，他卻常說「不和小姐一樣練琴就覺得對不起她」，於是養成習慣，一彈琴便閉上眼睛，雖然沒有失明，但是卻想體會小姐的苦難，想要親身體會盲人的不便，有時甚至羨慕盲人，後來失明實際上是受到了少年時代這種思想的影響，現在想來也絕非偶然。

無論何種樂器，領悟其精髓並非易事，像小提琴、三弦琴，弦柱上沒有任何標記，每次演奏時都要調音，完整彈奏一首並不容易，並不適合獨自琢磨練習，何況過去沒有樂譜，即使拜師也經常是「古箏三個月，三弦琴三年」。佐助無力購買古箏那樣昂貴的樂器，也不能扛著那麼大的傢伙，所以就從三弦琴開始。據說一開始佐助就會調音定調，說明佐助多少在辨音方面有些天賦，也足以證明平素跟隨春琴去檢校家裏時他有多麼用心在聆聽別人的練習。

調式、歌詞、音高、旋律，他都只能僅憑雙耳去聽，除此之外別無他法。從佐助十五歲那年的夏天練琴開始，室友一直替佐助保密，長達半年之久相安無事。但是冬天，發生了一件事情。有一天，雖說臨近拂曉，但是冬天的凌晨四點還是一片漆黑伸手不見五指，鵙屋家的太太，也就是春琴的母親，起夜的時候突然聽見隱約傳來彈奏《雪》的聲音。古有「冬練三九」之說，講究在寒冬拂曉時分迎著寒風進行練習，但是道修町多是經營藥材的正經人家，沒有什麼藝道師傅或是藝人居住，那些不入流的人家更是一家沒有，在這樣一個寒風凜冽的凌晨，即使是要「冬練三九」時間也太早了吧。冬練三九，應該是用撥片拚命彈奏高音，眼下傳來的聲音分明是在用手指撥弄琴弦，不厭其煩地反覆練習，直到練好為止，其熱情可想而知。鵙屋家的太太有些驚訝，當時大氣不敢出直接回去睡下了，可是之後兩三次起夜時又聽見了彈奏聲，私下一打聽，其他人說「我也聽到過，不知道從哪裏傳來的聲音，像是狸子月夜拍腹自樂的聲音」。這件事情店員尚不知情，可在內宅已經傳得沸沸揚揚。入夏以來，佐助一直躲在壁櫥裏練習，從未被人發現，於是膽子便大了起來。原本練琴就是從繁忙的工作中犧牲休息時間進行的，所以佐助長期睡眠

不足，倘若在暖和的地方練習一不小心就會睡著，於是從深秋開始，每當夜深之時，便悄悄地在晾衣台進行練習。佐助總是在夜裏二更，也就是晚上十點的時候和店裏其他夥計一起睡覺，凌晨三點便睜開眼睛抱著三弦琴來到晾衣台，然後在寒風中獨自琢磨琴技，直到東方發白才再次回到床上。春琴母親聽到的琴聲正是佐助練習的聲音。也許是因為佐助練琴的晾衣台在屋頂，所以隔著花園的裏院只要打開窗戶就能聽到琴聲，睡在樓下的夥計反而不受干擾。由於已經引起裏院的重視，夥計一經調查便知道是佐助所為。掌櫃叫來佐助狠狠訓斥，說如果繼續這樣不肯停止就沒收他的三弦琴，結果可想而知。然而此時，卻意外地伸來一雙援助之手，內院傳來話，想先聽聽佐助彈得如何，首先提出這個建議的便是春琴。佐助心懷恐懼，以為春琴知道這件事情後一定不高興，心想要是本本分分只是挽著春琴的玉手為她帶路就好了，如今下人僭越，膽大妄為竟敢模仿主子，定會被人可憐或嘲笑吧，無論怎樣都不會有好下場。主子一說「彈一首聽聽」，佐助更是畏首畏尾。蒼天有眼，如果自己的誠意能夠打動小姐的話該有多好！恐怕這只是拿他消遣的一齣鬧劇吧，況且佐助還沒有信心能夠當眾演奏。可是主子說想聽就不容推辭。不只是

春琴，春琴的母親姐妹也都好奇，於是叫佐助來內院展示他練習的成果，這陣勢對他來說絕對盛大。當時的佐助經過刻苦練習好歹算是會了五六首曲子，大家叫他彈奏會的幾首，於是他就硬著頭皮竭盡全力彈了幾曲，簡單的《黑髮》難一點的《茶音頭》，原本學的時候就是雜亂無章只聽得一些皮毛，記憶自然也就沒什麼條理。也許鵙屋家的太太小姐起初真是為了尋開心，但是聽到佐助在短短的時間裏獨自練習，居然還能夠彈出旋律來，都被深深地感動了。

《春琴傳》記載：

時春琴憐佐助之志，曰：「汝之熱心可嘉，以後小女教之。汝若有閒暇，可常請教小女，務必勤學苦練。」春琴之父安左衛門亦遂許之。佐助欣喜若狂，此後除恪守學徒之職守外，每日定抽空拜師學藝。

如此，十一歲之少女與十五歲之少男於主從關係之外，又添師徒之契，誠為佳事。喜怒無常的春琴緣何突然大發善心呢？實際上是周圍的人有意如此。想來也是，失明的女孩子即使生活在家境不錯的環境下也難免孤獨憂鬱，雙親就不用說了，連下人都覺得難以伺候，終日想方設法讓春琴的心靈有所慰藉心情好轉，如今終於出現了一

位與春琴喜好相投的佐助，當然想讓兩人為伍。也許，那些為小姐的任性而頭疼的僕人正想將這份棘手的差事推給佐助以減輕負擔，於是慫恿道：「佐助多麼有才啊！不如小姐收他為徒吧，想必佐助也會覺得三生有幸感到欣喜。」只是對於他人的慫恿，脾氣古怪的春琴未必聽得進去，也許春琴並不厭煩佐助，而是正中下懷，內心也是暗生情愫呢？收佐助為徒正遂了春琴家人和用人的意，但再怎麼有天賦，十一歲的女師傅能教徒弟嗎？答案顯而易見，這樣做只是給她解悶，其他的人也就解脫了。說白了就是玩「老師學生」的遊戲，讓佐助配合春琴罷了。所以，與其說是為了佐助，倒不如說是為了春琴著想，然而從結果來看，反倒是佐助承恩更多。《春琴傳》中記載「此後除恪守學徒之職守外，每日定抽空拜師學藝」，除了為春琴帶路，每日佐助還要抽出幾個小時聆聽小姐的教導，這樣一來店裏的事情就無暇顧及了。起先，安左衛門想到佐助是以成為商人為目的前來當學徒的，結果卻侍奉自己女兒左右，覺得很對不起佐助老家的父母，但又想想，小學徒的前途哪有自己女兒重要，加上佐助也喜歡伴隨春琴左右，於是就默認了。佐助開始稱呼春琴為「師傅」，平常是叫「小姐」的，但是春琴規定教授琴藝時必須稱呼她「師傅」，她也不

叫「佐助君」而是直呼「佐助」，一切都是效仿春松檢校之師道，嚴格遵守師徒之禮數。正如大家所願，這種「老師學生」的遊戲一直繼續著，春琴也算是有所寄託忘卻了孤獨，時過境遷，兩人絲毫沒有停止這種遊戲的意思，反而老師和學生都假戲真做越發認真起來。白天，下午兩點春琴去靭町檢校家學習三十分鐘到一個小時，回家後進行練習直到黃昏，晚飯過後要是有心情便將佐助叫到二樓自己的房間教授琴藝，後來逐漸成為每天的功課。有時直到九十點春琴依然不依不饒：「佐助！我是那麼教的嗎？」「不行，不行，通宵練習直到會彈為止。」嚴厲批評的聲音讓樓下的用人吃驚，有時，這位年輕的女師傅會罵道：「笨蛋！為什麼總是記不住？」並用撥片敲打佐助的頭，徒弟便哽咽起來，這樣的事情已經見怪不怪了。

　　過去，藝人的培養過程是異常嚴酷的，體罰弟子更是常事。今年（昭和八年）二月十二日，大阪《朝日新聞》周日版刊登了小倉敬二撰寫的一篇報道，題為《人形淨琉璃的血淚修行》，文中寫道，繼攝津大掾 ❶ 去世後，第三代

---

❶　指竹本攝津大掾（1836－1917），淨琉璃竹本派（義大夫節）的名人，本名二見今助，藝名南部大夫，後為二世越路大夫，明治三十六年（1903）從小松宮那裏承繼家名，為攝津大掾。藝品極佳，聲音優美令人流連忘返，喜奢華。── 三好行雄加注

名人越路大夫 [1] 的眉宇間有塊半月形的傷疤，這是師傅豐澤團七 [2] 責問他「什麼時候能夠記住」時用撥片砸傷而留下的。文樂座 [3] 木偶操作演員吉田玉次郎的後腦勺也有同樣的傷疤。那是玉次郎年輕時，參加《阿波鳴門》[4] 的演出，他的師傅、赫赫有名的吉田玉造 [5] 在抓捕犯人這場戲中操作十郎兵衛 [6] 這個角色的木偶，玉次郎操作這個木偶的腳部。但當時無論怎麼操作十郎兵衛的雙腳，他的表演都無法達到師傅的要求。情急之下，師傅罵他「你這個笨蛋」，隨手操起武打用的真刀咣的一聲，朝他的後腦勺砍去，於是留下了永久的刀痕。而體罰玉次郎的這位玉造師傅也曾經被他

[1] 第三代名人（1865–1924）是二代攝津大掾的弟子，明治三十六年承襲名號，年輕時吊兒郎當，據說被師傅開除過三十七回。—— 三好行雄加注

[2] 不詳。—— 三好行雄加注

[3] 將人形淨琉璃傳承三百餘年的專業劇場，寬正末年（1466）由植村文樂軒建於大阪高津橋南，之後又遷往博勞町稻荷神社、南區清水町海濱等地，明治五年（1872）遷往松島新址，稱為文樂座。昭和五年（1930）重建於道頓堀，昭三十八年（1963）改名朝日座。—— 三好行雄加注

[4] 淨琉璃代表作。明治五年在大阪首演。故事講述阿波德島的藩主玉木家在騷亂中丟失了一把名劍，塑造了阿波十郎和弓夫婦忠節的形象。特別是弓和女兒鶴離別的場景最為有名。—— 三好行雄加注

[5] 本名吉倉玉造，天保十一年（1840）初次登台，明治五年開始作為木偶操作者投於紋下（一個派別的代表人物），同三弦琴的團平、淨琉璃的越路大夫齊名。—— 三好行雄加注

[6] 十郎兵衛是《阿波鳴門》的主角。—— 三好行雄加注

的師傅金四 ❶ 用十郎兵衛的木偶狠狠砸過腦袋，鮮血染紅了木偶，他懇求師傅允許他把被打斷而沾滿鮮血的木偶腳部收藏起來。後來，他把這隻腳用絲棉包裹起來，放在白木板箱裏，經常取出來，供在慈母的牌位前，頂禮膜拜。他常對人哭訴道：「如果沒有那次木偶的懲罰，說不定我只能作為一名末等藝人而碌碌無為地了此一生。」

老一輩的大隅大夫修行的時候，由於身體笨重如牛，於是被大家叫做「笨牛」，他的師傅是有名的豐澤團平，人稱「大團平」，是近代三弦琴的巨匠。在一個悶熱的盛夏夜晚，大隅在師傅家練習《木下蔭挾合戰》「壬生村」這一場，說到「這個護身符可是祖傳之物啊」這句時怎麼都說不好，練啊練啊，反覆了很多遍師傅都不滿意。師傅團平坐進蚊帳中，大隅被蚊子叮著，練習了成百上千遍。雖說夏天的夜晚短，可大隅就這麼一遍一遍練習著，不知不覺東方發白，師傅不知何時已經躺倒了，可是還是沒說一個好字。於是大隅以他「笨牛」的倔強，反反覆覆一遍遍不厭其煩地練習著，終於，從蚊帳中傳來師傅的聲音「好了」。其實師傅並未熟睡，一直在認真地聽著。這樣的例子舉不勝舉，並非僅是淨琉璃大夫和木偶操縱者兩個個例。生田流

---

❶　不詳。——三好行雄加注

的古箏和三弦琴同樣如此。這個領域的師傅多半是盲人檢校，身體殘缺者多脾氣古怪，苛刻之人不在少數。前面也曾提到，春琴的師傅春松檢校的教授方法素以嚴厲聞名，稍不如意便是一頓打罵，學徒也多半是盲人，被師傅打罵時不斷後退，竟然有人抱著三弦琴從二樓跌落下去。後來春琴掛出「琴曲指南」的招牌招收弟子，承襲了自己的老師，也是以苛責嚴厲而著稱，其嚴厲在教授佐助時便顯出端倪，從孩提時遊戲般的打罵逐漸演變為真實。男性師傅打罵弟子屢見不鮮，但是女性師傅如此打罵男性弟子卻不多見，這麼想來難道春琴有暴力傾向，藉著練習來滿足自己的施虐快感？真相如何如今難以考證，但可以確定的是，小孩子過家家的遊戲一定是在模仿大人，雖然春琴一直被檢校寵著從未受過棍棒之苦，但是耳濡目染，幼小的心靈認為為師之道就應該像自己的師傅那樣，遊戲之時模仿檢校也在情理之中，後來逐漸習慣成自然。

也許佐助本就是個愛哭鬼，每次受到小姐責罰時都會哭，而且是沒出息的大聲抽泣，於是旁邊人就皺起眉頭：「小姐又開始責罰人了。」後來，連最初想讓佐助給小姐當玩伴的那些大人都聽不下去了，每天響到半夜的古箏三弦

琴聲本就讓人心煩，加上春琴高聲的叱罵，還有佐助的哭聲，確實讓人難以忍受。這樣下去佐助就太可憐了，於小姐也無益，終於有人忍無可忍衝進課堂：「怎麼回事？小姐千金之軀，何必為了一個無用的男孩子動氣呢？」卻不想春琴更加嚴肅，正襟危坐，語氣囂張：「你們懂什麼？不要管了！我是真心實意教他並非兒戲，正是為佐助著想才這麼拚命教他，不管我怎麼訓斥怎麼生氣，學習就應該有個學習的樣子，你們不懂！」

《春琴傳》裏記載：

春琴決然說道：「汝等欺余年幼，竟敢褻瀆藝道之神聖乎！余雖年少，然既為人師，師者自有其師道。余授技與佐助，本非一時之兒戲。佐助雖生來喜好音樂，卻因學徒之身，未能就教於優秀之檢校，只能自學。余甚憐之，故不揣技拙，代為其師，力使之遂願也。此非汝等所知，宜速退去！」聞者懾其威容，驚其辯舌，常喏喏而退。

可以想像春琴當時何等的盛氣凌人，佐助雖然也哭，但聽了師傅這般話心生無限感激，他的眼淚不僅是為辛苦練習而流，更為身為主人和師傅的春琴對自己的激勵而感動得淚眼婆娑。所以不管師傅如何斥責，佐助都不逃避，流著淚堅持到師傅說好為止。春琴的心情時常陰晴不定，

嚴厲斥責下佐助還可忍受，有時其沉默不語只是狠勁撥動高音弦，或是讓佐助一直練習，自己則一言不發只是聽著，才讓佐助欲哭無淚。有天晚上，佐助在練習《茶音頭》的曲子，他一時無法領會怎麼也記不住，反覆幾次卻還是出錯，春琴很生氣，放下三弦琴，使勁拍打著膝蓋，口裏數著拍子：「聽著！齊裏齊裏剛，齊裏齊裏剛，齊裏剛齊裏剛齊裏剛齊咚，特成特成倫來，隆隆嗵嗵咚……」然後停止讓佐助自己練習。佐助雖然摸不著頭腦但也不敢貿然停止，於是自己摸索著彈奏，春琴一直不發話，佐助就更加頭昏腦漲渾身冒冷汗，彈奏也益發雜亂無章，然而春琴依然一言不發，甚至嘴唇緊閉眉頭深鎖，就這麼一兩個小時過去了，春琴的母親穿著寢衣上來勸說道：「再怎麼熱心教授也得有度，過了的話對身體也不好啊。」這才解救了佐助。第二天，春琴被父母叫到跟前訓誡道：「你認真教佐助是好的，但是打罵弟子不僅世人不允許我們也不允許，人家檢校才可以這麼做，你再怎麼技藝超群也畢竟還是學徒，現在就模仿人家的做派難免會心生傲慢，藝道之路只要心生傲慢就無法進步，況且你身為女子整天罵男孩子，還把『笨蛋』掛在嘴邊，簡直不堪入耳，請你收斂一些。今後固定練習時間，夜深了就停止，聽到佐助的哭聲大家

都睡不好覺。」從來沒有批評過春琴的父母如此規勸，春琴再怎麼倔強也不敢不從。但是一切只是表面現象，實際情況並未改善。春琴挖苦道：「佐助你真沒用，一個男孩子成天為些小事哭哭啼啼，好像受了多大的委屈，拜你所賜連我也挨了批評。想在藝道上學有所成必須要打掉牙齒往肚子裏吞，你要是忍受不了我就沒法做你師傅了。」從此以後，佐助受到再大的責罰，也不吭一聲了。

失明以後，春琴心地開始變壞，自從教授佐助以來甚至出現了暴力傾向，這讓鵙屋夫婦頗為擔心，讓佐助與春琴為伴不知道是好事還是壞事，雖說佐助樂於取悅春琴求之不得，但什麼事情都一味遷就，恐怕會助長女兒的蠻橫之氣，也會讓她越發過分，興許將來會變成一個乖僻的女子，夫妻兩人暗自擔心著。不知道是不是出於這個原因，佐助十八歲這年，在東家的安排下成為春松檢校的弟子，不再跟隨春琴學琴。在春琴父母眼裏，女兒模仿老師不好，無益於她品行的成長，但是此舉也改變了佐助的命運。此後，佐助完全脫離了學徒職務，成了春琴名副其實的領路人兼同門師弟，每天一同前往檢校家裏。佐助本人心甘情願這不用說，但是安左衛門大費口舌才說服佐助父

母，為了讓佐助父母同意，安左衛門作出保證，佐助放棄做商人，他將對佐助負責到底絕不會棄之不管，可謂是說盡了好話。說不定為了春琴考慮，當時已經動心思將佐助納為賢婿，畢竟殘疾的女兒不大可能找到門當戶對的人家，對佐助而言也是求之不得的好姻緣。然而過了兩年，春琴十六歲佐助二十歲，當父母提起婚事時，沒想到春琴很不高興並且激烈地反對，說自己終身不嫁，嫁給佐助更不可能。然而一年之後，春琴的身子看著有些不太對勁了，察覺到的春琴母親心想該不會是 …… 留心觀察後怎麼都覺得不對勁，畢竟人多嘴雜，得想辦法補救，於是瞞著父親私下裏問春琴，卻不想春琴一口否認「根本沒那回事」。母親不便追問又暗自觀察了一個月，事情毋庸置疑已經無法隱瞞。這次春琴終於承認懷孕，卻不肯講出孩子的父親是誰，逼問之下又說兩人說好不能講出對方姓名，問她是不是佐助，春琴矢口否認，聲稱怎會和佐助那樣的人扯上關係。怎麼想來也是佐助嫌疑最大，可是想到去年提起婚事時春琴的態度又覺得不可能，再加上倘若兩人真是那種關係的話根本不可能隱瞞，兩個涉世未深的少男少女，再怎麼假裝沒事都會露出端倪。自從佐助成為春琴的同門師弟，已經沒有機會像以前一樣和春琴獨處到深夜，

春琴對他偶爾的指導也是如師傅般，其他時候更是清高至極的大小姐形象。佐助跟小姐的接觸只是牽著手而已，其他下人也未覺兩人關係有何異常，甚至覺得主僕生分顯得毫無人情味。春琴父母叫來佐助想一探究竟，試探地問佐助：「對方一定是春松檢校的門生吧？」可是佐助只說「不知道，沒有的事」。自己不肯承認，也不推卸給別人。此時，被叫到夫人面前的佐助面露怯色神色不安，更讓人生疑，嚴加盤問後佐助前言不搭後語哭了起來：「要是說出來小姐會責罵我的。」「想要保護小姐固然是好，可是你為什麼不聽東家的話呢，隱瞞事實反而對小姐不利，一定要交代出對方是誰。」儘管夫人磨破了嘴皮，佐助還是不肯交代。夫人仔細斟酌一番，聽言外之意那個人應該就是佐助，和小姐有約在先才不肯說出實情，只能隱晦地暗示。珠胎暗結已成事實，鵙屋毫無辦法，是佐助的話當然更好，只是去年撮合兩人之時為何女兒堅決不允，女孩子的心思最難捉摸。發愁是發愁，可總算鬆了一口氣，於是想趁事情沒有傳開讓兩人趕緊成婚。叫來春琴商量，沒想到春琴臉色立變：「怎麼舊事重提？去年已經說過，絕不考慮佐助，你們可憐我，但是即使再急我也不可能和下人結婚，何況也對不起孩子的父親。」問她腹中孩子的父親

是誰，她卻回答：「請不要再追問了，我不會嫁給他的。」於是春琴父母又覺得佐助的話不可信，弄不清楚究竟該信誰，仔細思量後還是覺得佐助嫌疑最大。也許女兒覺得事到如今難以面對才故意反對的吧，最終還是會說出實話，於是停止追問，決定在分娩之前，讓女兒先去有馬溫泉。春琴十七歲那年的五月，佐助留在大阪，春琴同兩位侍女去有馬溫泉一直待到十月，誕下一個男孩子。那個孩子簡直和佐助一模一樣，謎底終於揭開。然而春琴不僅對兩人的婚事避而不談，甚至否認佐助是孩子的父親，春琴父母只能讓兩人對質。春琴聲色俱厲對佐助說：「佐助，你是不是說了什麼讓人生疑的話？你讓我很為難，沒有的事情你就明明白白說出來！」被倒打一耙的佐助更加膽戰心驚：「我怎敢在主子面前胡言亂語？我自幼深受主子的大恩，怎能有那種不知分寸的邪念，這簡直是天降奇冤！」春琴在旁邊附和著，完全不承認，於是事情更加不明了。父親企圖威脅春琴說出實情：「你不覺得自己的孩子可愛嗎？既然你那麼強硬，我們家也不能養一個沒有父親的孩子，不想結婚的話，只能把這個可憐的嬰兒送往其他地方。」卻不想春琴一臉無情地回答：「那就請你送人吧，我打算孤身一輩子。」

就這樣，春琴生下的孩子被抱往別處了。這個孩子生於弘化二年，現在應該已不在人世了，被送往何地也不得而知，一切都是春琴父母處理的。就這樣，春琴固執到底，懷孕這件事情最後不了了之，春琴又若無其事地讓佐助牽著她的手去練琴。這時，他們的關係已是公開的秘密，想讓他們正式結婚，不料當事人堅決反對，春琴父母只好默認，既不像主僕也不像同門師兄妹也不是戀人，就這樣過了兩三年。春琴二十歲的時候春松檢校過世，春琴藉著這個機會自立門戶掛牌收徒，並且從父母那裏搬了出來，在淀屋橋附近蓋了一棟房子，佐助也跟了過去。檢校生前，春琴的能力已得到認可，並且獲許隨時可以自立門戶，檢校還將自己名字中的一個字贈予她，為她取名春琴。正式演出之際，檢校經常和春琴合奏，讓她唱高音部分，如此提攜，檢校去世後春琴自立門戶也是必然的。但是從她的年齡境遇等方面來看，似乎沒有必要如此著急自立門戶，家人讓她這麼做恐怕和她與佐助的關係有關，考慮到兩人一直如此曖昧下去也不是辦法，與其讓下人用人眼睜睜地看著，還不如乾脆自立門戶去外面同居，如此處置想必春琴不敢不從。當然，搬去淀屋橋後，佐助的待遇沒有絲毫改變，依舊牽著小姐的手為她帶路，檢校去世

後，佐助重投春琴名下，毫無顧忌地互相直呼「師傅」、「佐助」。春琴不喜歡別人當他們是夫妻，於是嚴格遵循師徒禮儀，連平時說話都有嚴格要求，稍有忤逆，即使佐助彎腰低頭使勁道歉，春琴也不會輕易寬恕，使勁責罵其執拗無禮。因此，其他拜春琴為師的弟子沒有絲毫懷疑，然而鵙屋家的用人私下議論，想去偷偷看看春琴和佐助如何相處。為什麼春琴要如此對待佐助？在大阪，即使是今天，依舊非常注重門第、財產、排場什麼的，甚至比東京還講究。大阪一直以來是富商聚集地，講究非常之多，其封建之風更可想而知。因此，作為過去大戶人家的小姐，春琴不能失掉矜持，對於佐助這樣一個世代為奴的下人，春琴的鄙夷之情要比想像中還嚴重，況且盲人脾氣本就古怪，不想讓人看出弱點不願被當作傻子，自尊心使然也說不定。這樣看來事情就清楚了，和一個下人有肉體上的關係，是羞恥心才讓她對佐助如此冷淡吧。也許春琴只把佐助當作生理上的必需品，才故意這樣對待佐助的吧。

《春琴傳》云：

春琴素有潔癖，微垢之衣不穿，內衣日日更換，命人洗滌。朝夕命人打掃房間，極盡嚴格。每每落座，皆以指

輕拂坐墊，若有纖塵，亦極厭之。曾有一門人患胃病，不知自己口有臭味，趨於師傅面前練習。春琴照例將琴鏗然一撥，便置之不理，顰蹙不語。門人不知其所以然，惶恐之至，再三詢問緣由。春琴乃曰：「余雖盲人，然鼻子尚靈，速去漱口。」

也許正是因為失明，春琴才會有如此潔癖吧，周圍照顧她的人可想而知得多麼謹慎細心。牽手帶路也不只是牽手帶路這麼簡單，還必須照顧其飲食起居如廁等一系列事務。春琴小時候佐助就開始承擔這些任務，已經摸透了她的脾氣，換了別人的話總覺得不貼心，因此佐助對春琴來講是無可替代的。以前住在道修町時尚有父母兄弟有所顧忌，現在自立門戶後，潔癖和任性更加有恃無恐，佐助的事務也越來越繁雜。老太太鴫澤照說過這樣一段話，傳記中未曾提及，她說：「師傅如廁後從不用洗手，雖說得靠自己雙腳走去，但是其餘事情皆由佐助完成，春琴根本不用自己動手，洗澡的時候也是一樣。據說貴婦人對於別人幫自己清洗身體不以為然，也不覺羞恥，對於佐助而言，師傅無疑是貴婦人。也許因為自小失明已經習慣萬事要別人幫忙，如今更不會覺得不妥。」

春琴非常喜歡打扮，失明以後雖然不能照鏡子，卻

對自己的容貌非常自信，對於服裝和髮飾搭配的講究絲毫不比失明前遜色，想來，記憶力極好的春琴腦海裏一直殘存著自己九歲時的容貌，再加上經常聽到別人的讚美和奉承，她非常明白自己是個美人胚子，並對化妝非常癡迷。她飼養黃鶯，將黃鶯的糞便與米糠混合在一起用來保養肌膚，也非常偏愛絲瓜水，倘若手腳皮膚不夠光滑便心情陰鬱，最忌諱皮膚粗糙。所有彈奏弦樂者因為要撫琴，所以必須注意左手指甲的長度，春琴每過兩三日必定修剪指甲，不只是左手，雙手雙腳都要修剪，其實肉眼看去並沒多長，最多不過一兩毫米，但是春琴命令必須修剪得一模一樣，剪完後用手摸著一一檢查，不允許有絲毫疏忽。佐助就這樣獨自細緻地照顧著春琴，練琴的時候，佐助還時常代替師傅教授那些後來的弟子。

肉體關係，分為很多種。像佐助，對春琴的身體瞭如指掌爛熟於心，是夫婦和戀愛關係無法想像的親密，後來佐助失明後仍能侍奉春琴且不出大的差錯也絕非偶然。佐助終身未娶，從學徒時代到八十三歲除了春琴再無其他女人，因此沒有資格評說春琴和其他女人比起如何，然而晚年鰥居時佐助時常向周遭人誇讚春琴皮膚如絲般光滑柔

軟，這成了他年老後唯一的話題，還經常伸出手掌說：「師傅的腳剛好這麼大。」又摸著自己的臉頰唸叨：「師傅的腳後跟都比我這裏光滑柔軟。」春琴身材嬌小，前文已經說過，但其實只是穿著衣服看起來嬌小，真正裸露的時候要比想像中豐腴，膚色白皙清透，無論何時皮膚都是那麼水嫩而有光澤。她平素喜歡吃魚，特別喜歡吃鯛魚生魚片，在當時的女人中，春琴算是非常講究的美食家。同時還喜歡品酒，每晚都要喝一合❶，也許是這種飲食習慣才讓她皮膚如此之好。盲人吃相不雅，不知道正值妙齡面容姣好的春琴知不知道這一點，總之除了佐助，她不喜歡別人看見她吃飯的樣子，即使客人邀請也是動幾筷子做做樣子，給人感覺甚是高雅。其實真正的春琴在飲食上非常奢侈，本身飯量並不大，米飯兩小碗，小菜每樣只動一點點，但卻餐餐都要花樣齊全品種豐富，這就給用人添了很多麻煩，給人感覺好像故意為難佐助似的。紅燒鯛魚時剔魚骨，剝螃蟹蝦殼，佐助都是一把好手，甚至可以不毀壞香魚的形狀從尾部取下整個魚骨。

春琴髮量極多，柔軟如絲非常蓬鬆。手指纖細，手

---

❶　一升的十分之一，譯者注。

掌柔韌，可能是經常撥動琴弦的原因吧，春琴的手指非常有力，這樣的手掌摑臉頰的話肯定非常疼痛。春琴既怕冷又怕熱，盛夏很少流汗，兩腳冰涼，一年四季總把厚厚的紡綢絲綿夾袍或者縐綢棉襖當作睡衣穿著，拖著長長的底襟，睡覺時要把雙腳包得嚴嚴實實的，可即便是這樣，依然保持良好的睡姿。冬天為了避免悶熱心悸，春琴從來不用被爐和暖水壺，寒冷難耐時，佐助就將小姐的雙腳焐在懷裏，即便這樣還是很難焐熱，反倒把佐助的胸口弄得冰涼。春琴洗澡的時候，為了不讓房間熱氣籠罩，即使是冬天也得開著窗戶，每次泡澡只在微熱的水中泡一兩分鐘，出來透透氣再繼續泡，來來回回好幾次，稍微泡久一點就會心悸頭暈，因此只能盡量短時間泡熱身體後趕緊擦洗乾淨就出來。佐助究竟多麼辛苦顯而易見。佐助薪水微薄，所謂的薪水也僅僅是偶爾給的一些津貼，有時連買煙的錢都沒有，衣服也是逢年過節主人賞的那麼幾件。雖然代替師傅上課，但是春琴並沒有給他相應的地位，讓弟子和用人也稱呼他為「佐助」，出去授課時佐助便在門口等。有一次佐助牙痛，左邊臉頰腫得厲害，入夜後更是疼痛難忍，但是佐助硬是強忍疼痛裝作一副沒事的樣子，只是偶爾去漱漱口盡量不對著小姐呼吸。春琴就寢，讓佐助揉肩捏

腰，佐助按照吩咐為春琴按摩，過了一會兒，春琴讓佐助為她焐腳，佐助畢恭畢敬地躺下解開衣襟將春琴的雙腳納入懷中，胸口冰涼，反倒是被窩的熱氣讓佐助感覺牙痛似火燒，實在疼痛難忍，佐助便用小姐冰涼的雙腳捂在腫脹的臉頰上鎮痛，卻不想春琴說了聲「討厭」便一腳踹上佐助的臉。佐助不由得「啊！」地大叫一聲，滾到一邊，春琴卻說：「不用你為我暖腳了，我讓你用胸口暖，沒讓你用臉頰暖，腳上沒長眼睛，正常人也好盲人也好都是一樣。你為什麼要欺騙我！你牙痛吧？白天我就感覺到了，用腳掌也能感覺到右臉和左臉的溫度不一樣，左臉明顯脹著，牙痛你明白說出來不就好了，我也是知道體諒下人的，可是你卻裝作一副忠貞的樣子，用主子的雙腳冰你的牙齒，真是膽大妄為用心險惡啊！」春琴就是如此對待佐助。但凡佐助對年輕女弟子和善一些或是教女弟子練琴，春琴就會不高興，偶爾懷疑佐助時也不輕易表露嫉恨，只是加以刁難，這使佐助最為痛苦。

一個女人，單身且失明，生活再奢侈也應有限度，再講究吃穿也該懂得適可而止，然而春琴在家一人使喚五六個下人，這樣一來每月的開支可不是個小數目。為什

麼如此花錢浪費人手呢？其中一個原因就是春琴喜歡養鳥，尤其喜歡黃鶯。現在，叫聲悅耳的黃鶯一隻差不多一萬日元，過去也是一樣昂貴。現在和過去大家對黃鶯鳴叫聲的鑒賞和把玩方式有些差異，以今天的辨別法為例，將叫聲「可闊 —— 可闊 —— 」的稱為「越谷鶯聲」，「呵 —— 喊 —— 貝卡昆」的則稱為「高音鶯聲」，除了能啼叫「呵 —— 呵 —— 可闊」這樣的聲音外，還能發出上述兩種聲音的黃鶯才真正價值不菲。樹林裏的黃鶯一般不鳴啼，偶爾叫一聲，也不是發出「呵 —— 喊 —— 貝卡昆」的聲音，只會叫「呵 —— 喊 —— 貝鏘」，粗俗難聽。要是想讓黃鶯的鳴啼發出「貝卡昆」這樣帶著金屬性的美妙餘韻的聲音，就必須人為對牠進行訓練。將野鶯還未長出尾巴的雛鳥捉來跟隨其他聲音婉轉的黃鶯學習，如果尾巴已經長出，那麼就以已經記住了牠們父母野生黃鶯粗俗的聲音，叫聲也就無法矯正了。作為師傅的黃鶯，以前也是如此人為干預馴養而成的，比如有名的「鳳凰」、「千代友」等，被人們賦予了各種名號，倘若聽說哪家養有如此優質的黃鶯，其餘飼養黃鶯的人便會不遠千里慕名而至，請求允許自家黃鶯跟隨名鳥學習啼叫，這種訓練方法稱作「跟聲」。一般大清早開始，連續幾天。有時，教授啼

叫聲音的黃鶯會被主人帶去固定的地方遛鳥，學習啼叫的黃鶯便簇擁在周圍，好似歌唱教室一般。當然，不同的鳥天資不同，聲音有美有醜，同樣是「越谷鶯聲」、「高音鶯聲」，其聲音之抑揚頓挫、餘韻之長短等也是各不相同。所以要訓練出一隻上等黃鶯，絕非易事。調教好了，就可以賺取「學費」，所以價格不菲也是理所當然的。春琴家飼養的黃鶯中最優秀的叫「天鼓」，她總是喜歡聽其鳴叫，「天鼓」的叫聲的確動聽，高音「昆」清澈悠長，不像鳥叫，像人工製造的精美樂器發出的聲音，音域廣，張弛有度且圓潤，因此春琴對飼養「天鼓」尤其挑剔。例如食物，是慎之又慎，飼料大都是玄米炒熟後磨碎，然後加進米糠調成粉，另外將鯽魚乾或者丁斑魚乾磨成粉，將兩種粉末各一半混合後澆上蘿蔔葉擠出的汁，整個工序非常麻煩。還有，為了養好黃鶯的嗓音，還要捉來一種在蘡薁❶的蔓草莖上結巢的昆蟲，每天餵給黃鶯一兩隻。如此一來肯定費事，再加上一共飼養了五六隻，所以用人中有一兩個人是專門伺候這些鳥。黃鶯輕易不在人前啼叫，必須放在叫做「飼桶」的桐木箱子裏，關上上面的紙拉門，好讓光線柔和

---

❶ 俗稱野葡萄、山葡萄、山藁。——譯者注

一些，籠子的紙拉門用紫檀黑檀等雕刻而成，做工精美，或是鑲有貝殼描有圖畫，既有情趣也是工藝品，即使今天，說牠值個一兩百甚至五百也不稀奇。天鼓的飼桶上鑲嵌著從中國進口的珍珠，骨架用紫檀做成，下半部分安裝有琅玕翡翠板，上面雕刻有精美的山水樓閣，非常高雅。春琴經常將這鳥箱放在自己臥室壁龕旁的窗台上，凝神靜聽。天鼓婉轉啼叫時她便心情大好。因此用人都盡量逗引天鼓啼叫。天鼓一般喜歡在晴朗的日子啼叫，所以天氣不好的時候，春琴的情緒也跟著變糟。冬末至春天，天鼓啼叫最為頻繁，一到夏天，啼叫的次數便逐漸減少，春琴悶悶不樂的日子也多起來。一般說來，只要飼養得當，黃鶯還是很長壽的，關鍵在於精心照料，如果交給沒有經驗的人飼養，很快就會死去。一旦死去，又得另買一隻。春琴家的第一代天鼓是在她八歲的時候死去的，後來一直沒有可以繼承第一代天鼓成為第二代天鼓的合適黃鶯，幾年以後，終於訓練成功一隻堪比第一代的黃鶯，於是仍然命名天鼓，珍愛之至。

《春琴傳》記述道：

第二代天鼓其聲亦美妙動聽，勝於迦陵頻伽。春琴

將其籠日夜置於左右，無比鍾愛，常讓弟子傾聞此鳥之啼音，然後訓諭道：「汝等且聽天鼓之歌，原是無名之雛鳥，然不負自幼磨煉之功，其聲之美，與野生之黃鶯迥異。人或云此乃人工之美，非天然之美，每當行於深谷山路上探春尋花之際，自雲霞流淌籠罩之深處不意傳來野鶯之啼鳴，聞其風雅之音，天鼓不及也。但余不以為然，野鶯之鳴，若得天時地利，聞之方似覺雅致，然若論其聲，尚不足以言為美。反之，聞天鼓之類名鳥婉轉之聲，雖身居俗塵，卻似幽邃閒寂之山峽風趣，溪流潺湲之淙淙聲響，山峰櫻花之靉靆如煙霞，盡悉浮現於心中之耳目。其啼聲中自有春花流霞，令人忘卻置身於紅塵萬丈之都門，此乃以人工之技與天然風景競妍之謂也。音曲之秘訣也在於此。」春琴又羞辱愚鈍之弟子，屢屢訓斥道：「雖是小禽，豈有不解藝道之奧秘乎？汝生而為人，竟劣於鳥類也！」

春琴所言固然有理，但動輒拿人與黃鶯比較，佐助等門人恐怕都難以接受。

除了黃鶯，春琴還喜歡雲雀，這種鳥喜歡直衝雲霄，即使在籠子裏也經常向上飛，因此籠子的形狀做成上下細長，高有三尺到五尺，但是要欣賞雲雀優美的聲音必須

把牠放出籠子讓牠飛入雲霄，婉轉啼叫穿梭雲中，也就是欣賞牠穿雲的技巧。一般情況下，雲雀會在空中飛一段時間，然後回到自己的籠中，能夠在天空逗留十分鐘到二三十分鐘才算優秀的雲雀。進行雲雀競技賽的時候，將籠子一字擺開，打開籠門將雲雀放入空中，歸來最晚的勝利。劣等的雲雀返回時有時會誤進隔壁的籠子，甚至有些落到兩三百米以外的位置。但一般來講，雲雀大都能找到自己的籠子，牠們垂直衝上雲霄，在空中稍作停留，再垂直俯衝，自然能夠找到自己的籠子。「穿雲」，並不是橫飛穿過雲層，之所以看似「穿雲」，是因為雲彩掠過雲雀飛動所致。春天，淀屋橋附近春琴家的左鄰右舍經常能看見失明的女師傅在晾衣台上放飛雲雀，她的旁邊除了隨身伺候的佐助外還跟著照顧鳥兒的女用人，師傅一聲令下，女用人便打開籠子，雲雀歡快鳴叫直衝上天消失在雲霧之中，師傅抬起頭來用失明的雙眼跟隨鳥兒的身姿，專注地聆聽著雲端傳來的啼叫聲。有時，一些志同道合者會帶著自己的雲雀前來比試高低，這時，鄰居也會到自家的晾衣台上觀戰，他們聆聽雲雀美妙的叫聲，也是為了一睹美人的風采。町裏的年輕人應該已經見慣了美人，但是好色之徒比比皆是，聽到雲雀的聲音就知道美人必在，於是慌忙爬上

屋頂。他們鬧出如此動靜，估計是覺得盲女具有獨特的魅力和內在美，在好奇心驅使下才如此的吧。亦或許是平素佐助牽著春琴的手外出練琴時，春琴總是默不作聲一臉嚴肅，只有在雲雀飛翔之時才會露出微笑，這時的美貌顯得更加生動吧。

除了黃鶯、雲雀之外，春琴家還養過知更鳥、鸚鵡、繡眼鳥、黃道眉等，有時各種鳥兒加起來有五六隻之多，其開銷不可小覷。


春琴是典型的家裏橫，出門的時候格外和藹，赴宴時言行舉止堪稱淑女，魅力四射，很難讓人將其和在家裏欺凌佐助打罵弟子的情形聯繫在一起。為了交際，春琴很喜歡裝飾門面，喜歡奢侈，逢年過節婚喪喜事的禮品皆以鵙屋家小姐的規格置辦，甚是慷慨，即使是給男僕、女傭、丫頭、轎夫、人力車夫等的賞錢，也出手大方。看起來春琴揮霍無度奢侈浪費，但實際上未必如此。筆者曾寫過一篇名為《大阪及大阪人之我見》的文章，文章中提到，大阪人生性節儉，東京人的奢侈表裏如一，而大阪人看似鋪張但背過人去卻節儉開支緊緊巴巴過日子。春琴生長在道修町商人家裏當然也是如此，一面奢侈無度一面極

端吝嗇貪心。原本那些排場也只是攀比而已，除此之外不肯多花一分錢，可謂惜金如命。春琴從來不會心血來潮隨便花錢，總是反覆思量用途和值不值得花，非常理性且有計劃。有時攀比促使貪欲萌生，比如弟子每月的學費和孝敬給師傅的錢，作為一介女流，本應和其他師傅收得差不多，但是春琴自恃清高，堅持收取和一流檢校一樣的費用且決不讓步。僅僅如此也就罷了，連弟子送來的中元節和過年禮物都十分計較，暗示他們盡量多送，非常固執。一次，一位盲人弟子家境貧寒所以經常拖欠學費，中元節他送不起禮物，為表心意只買了一盒白仙羹，他向佐助哭訴：「請憐我清貧，煩請轉告師傅不要嫌棄以後多多提點。」佐助也覺得此人可憐，戰戰兢兢轉達給了師傅。沒想到春琴臉色一變說：「我對每月的學費和禮金不厭其煩反覆強調，看似貪得無厭，其實並非如此，錢的事情無所謂，只是不定一個標準的話怎麼體現師徒之禮？那孩子每月的禮金都遲遲不肯付清，如今又拿來什麼白仙羹說是中元節孝敬師傅的，簡直無理之至，說是污衊師傅也不為過，雖是誠心拜師，但是如此貧窮恐怕在藝道上難有建樹，當然因人因事而異，免費培養也不是不可能，但必是可造之材或才識過人的天才，必能克服貧窮成為佼佼者，他們天生就與眾

不同，不是僅憑耐心和熱情就可成就的。那個孩子真是厚顏無恥，諒他在藝道上也不會有什麼成就，還妄想讓我可憐他窮困，簡直狂妄自大，與其學個一知半解給人添麻煩讓我蒙羞，還不如趁早斷了走這條路的念頭，還想繼續學習的話，大阪的師傅比比皆是，反正我是不收了。」此言一出，不管當事人如何道歉都無濟於事，最終，這個弟子還是被趕出了師門。倘若某個弟子送上重禮，一向對練習嚴厲的春琴便一整天都對此人和顏悅色褒獎不已，旁人都覺得無法忍受，於是師傅的褒獎對大家來講都唯恐避之不及。收到的禮物春琴必定親自一一查驗，甚至連糕點盒子都要拆開來看，每月收支等都會叫來佐助用算盤一一算清楚。春琴對數字非常敏感很善於心算，只要聽過一遍就不會輕易忘記，買米花了多少錢買酒花了多少錢，甚至連兩三個月之前的開銷都記得一清二楚。春琴的奢侈非常自私，自己揮霍無度但必定設法從其他地方補回來，最後還是轉嫁給了下人。在家裏，春琴一人過著貴族般的生活，卻總是向佐助等下人強調要節儉，所以大家都是勉強度日，即便這樣，還想方設法剋扣下人的口糧，多了少了甚是計較。下人甚至到了吃不飽飯的地步，於是背地裏說：「師傅說過『黃鶯雲雀都比你們忠心耿耿』，牠們肯定忠

心，對師傅來說我們還不如鳥。」

　　父親安左衛門在世的時候，鵙屋家每月會按照春琴的要求送來生活費，春琴父母去世後由兄長繼承家業，對春琴要求的生活費便不再那麼爽快支付了。今天，貴婦人過著奢靡的生活不足為奇，但在過去，即便是男子也不敢如此膽大妄為，家境富裕的正經傳統人家對吃穿住用總是慎之又慎，唯恐別人非議自家僭越了身份，不屑與暴發戶為伍。家裏之所以縱容春琴的奢侈，完全是同情其眼睛失明沒有其他樂趣，是父母對孩兒的溺愛罷了。兄長繼承家業後，責難之聲頻起，最終規定每月支付的額度，超出這個額度便不再理會，也許她平時的吝嗇也是因為這個原因。但是，春琴每月得到的生活費維持生活依舊綽綽有餘，所以教授琴藝之事也就無需太當回事，對弟子自然態度蠻橫。事實上登門拜師者屈指可數寥寥無幾，所以才有閒暇逗鳥，但是無論是生田流的古箏還是三弦琴，春琴皆堪稱大阪的名手，絕不是她自恃清高，那些看事公平的人也都承認這一點，雖說不乏憎惡春琴傲慢之人，但私下對她的琴技還是羨慕敬畏的。就筆者所知，現在的一位老藝人說他年輕時曾聽春琴彈奏過三弦琴，此人原本是淨琉璃的三

弦琴演奏者，風格自成一派，近幾年演奏大阪地方曲，他說從來沒有聽過誰的琴聲如春琴彈奏的一般美妙。團平年輕時也聽過春琴的演奏，便嘆息：「此人若是男兒身能夠演奏粗杆三弦的話必定成為一代宗師。」團平認為三弦藝術的精妙盡在粗杆三弦，然而春琴不是男兒身無法探究其精髓，也許是嘆其有如此天賦卻托生女兒身，抑或是春琴的琴聲本就男性化。按照前面提到的那位老藝人的話來說：「只聽春琴的琴聲的話，非常清脆俐落好似男性彈奏一般，不但音色優美，還富有變化，時而彈奏出低沉憂傷的音調，是女子中難得的高手。」倘若春琴能夠處世圓滑懂得謙恭，興許早已名聲大噪，但其生來富貴不懂人世之苦且刁蠻任性，大家皆敬而遠之，過人的才能反倒令她四面樹敵最終被無辜埋沒，也算是自作自受吧，可悲可嘆。投入春琴門下者皆敬佩春琴琴技，固執地認為拜師的話非春琴莫屬，為了學得一手好琴早已做好心理準備，即使忍受苛責鞭策辱罵甚至毆打也在所不辭，即便如此能夠堅持下來的人還是為數不多，不堪忍受的新人有時連一個月都撐不過去。春琴超越所謂的「鞭策」，將惡意刁難發展為打罵，頗帶施虐色彩，多少與她自認為是名人的心態有關吧。既然社會容忍，弟子也早有心理準備，個人又認為越是嚴厲

越發顯得自己像個名師，終於使春琴由最初的模仿逐漸發展到自己也無法控制的地步。

　　鴫澤照說：「師傅的弟子真的很少，有的更是為一睹芳姿才來求學，那些業餘愛好者多半如此。」不難想像，美貌、未婚且是大家閨秀，難免招人覬覦，據說她對弟子嚴厲苛刻的方式倒是澆了他們一盆冷水，多半的不軌者知難而退了，可令人哭笑不得的是，春琴越是這樣人氣越高。仔細想想，那些勤學苦練的專業弟子中，比起學藝，說不定有人更享受這被失明美女鞭策的快感，興許就有那麼幾個讓－雅克・盧梭❶吧。

　　現在我要交代降臨在春琴身上的第二次災難，非常遺憾，傳記裏並未明確記載事件原因和加害者，但是春琴以往的行為難免導致弟子中有人懷恨在心，復仇的可能性最大。嫌疑最大的是土佐堀雜糧店美濃屋老闆九兵衛的兒子利太郎，他是紈綺子弟，放蕩不羈，自認為精通藝道，曾

❶　讓－雅克・盧梭（Jean-Jacques Rousseau, 1712–1778），法國偉大的啟蒙思想家，崇尚民主主義思想和欲望的釋放，受到法國大革命和浪漫主義的影響。但是由於少年時代的不幸，缺乏親情，導致被虐傾向嚴重。── 三好行雄注

投於春琴門下學習三弦琴。這個傢伙仗著老子有錢到處擺出一副富貴公子相耀武揚威，經常將同門師兄弟當自家夥計般使喚，春琴心中不悅，但是念其孝敬的錢銀物品豐厚也就睜一隻眼閉一隻眼小心地應付著。利太郎卻四處宣揚：「連師傅也得讓我三分。」他特別鄙視佐助，佐助代春琴授課時他總是嚷嚷，師傅不親自教授我就不學，其蠻橫逐漸連春琴也覺得無法容忍。

就在此時，利太郎的父親九兵衛為了安度晚年，選擇「天下茶屋」這塊幽靜之地，修建了隱居草堂，庭院裏植有十幾株古梅。這年二月，這裏舉行賞梅宴會，邀請了春琴。負責這次宴會的正是大少爺利太郎，另外還有一些幫閒、藝伎也來捧場。春琴自然是在佐助的帶領下前去赴宴。當日，利太郎和那幫幫閒的頻繁敬酒讓人為難，這段日子陪師傅夜飲幾杯，佐助倒是有了幾分酒量，但是當天場合不對，沒有師傅的允許佐助可是滴酒不沾的，醉了的話可就做不好給師傅帶路的差事了，所以僅僅隨便假裝應付著。卻不想利太郎眼尖：「師傅師傅，您要不同意，佐助就不喝酒。今天不是賞梅嗎？就讓他輕鬆一天吧。要是佐助醉了，這裏有兩三個人還真想牽您的手給您帶路呢。」利太郎用公鴨般的嗓音嚷著纏著師傅，春琴只好苦笑著

說：「好吧，好吧，那就少喝一點吧。你們可不許把他灌醉啊！」她只是隨便應付一下，但是利太郎他們立即叫喊起來：「師傅同意啦！」於是輪番過來勸酒。儘管如此，佐助自己還是嚴加控制，多半都倒在洗杯器裏。

　　當天，在座各位，包括那些幫閒的和助興的藝伎，目睹了春琴的芳容，果真如傳說般美麗，大家交口稱讚，無不為她徐娘半老的豔麗和氣韻而驚嘆。當然，其中不乏有人洞察了利太郎的心思故意附和，但是當年三十七歲的春琴看起來確實年輕十歲左右，皮膚白皙，光是粉頸就讓人發顫，貝殼般光滑的小手恭敬地放在膝蓋上，略微低垂著那張失明的俏臉，實在引人注目令人心馳神往。大家走進庭院賞梅之時，佐助牽著春琴的手來到梅花樹前，一邊漫步一邊對春琴說：「努，這裏也有梅花。」佐助帶著春琴站在一棵棵梅花樹前，將春琴的手放在梅花樹幹上，大約盲人只能通過觸覺感受事物，賞花也習慣了用觸摸的方式。看到春琴的纖纖玉手不停撫摸梅樹，那幫幫閒便怪聲怪氣地說道：「好羨慕那些梅樹啊！」其中一人更是橫在春琴面前做出梅樹疏影橫斜狀調侃道：「俺就是梅樹！」一時大家哄然大笑。這是大家對春琴的寵愛，是對春琴讚美的一種表達方式，並非存心侮辱，但是不習慣這些惡作劇的春

琴非常生氣，她希望大家待她像正常人一樣，討厭差別對待，因此非常討厭這樣的調侃。

　　入夜後，大家換了個地方重開酒宴，有人過來招呼佐助：「佐助，你也累了吧？師傅就交給我了，那邊已經為你擺好了酒席，你也去喝一杯吧。」佐助也覺得在別人敬酒之前必須吃點東西，於是退到另外一間房子準備先吃晚飯。就在佐助準備用餐時，一位老藝伎端著酒銚子糾纏上來不停說道：「來，喝一杯喝一杯！」應付這老藝伎耽擱了不少時間。吃完之後，許久不見春琴召喚，於是佐助就在原地等著。突然聽到外面一陣騷動，只見一人攔著春琴，春琴喊道：「叫佐助來！」「去廁所的話我帶你去吧。」春琴被帶到走廊，可能手還被別人握著。「不要不要，還是叫佐助來！」春琴強行甩開那隻手，站著沒動，佐助趕緊上前，看春琴的臉色就知道發生了什麼事情。利太郎要是因為這件事情從此不來春琴家就好了，可惜那好色之徒怎肯就此罷休，第二天人像沒事一樣厚著臉皮又來了。春琴終於一改常態：「既然這樣，那就好好教導他，能夠忍受嚴酷修行的話就繼續學吧。」於是對利太郎嚴酷起來。這樣一來，搞得利太郎不知所措。每日汗流浹背，氣喘吁吁。利太郎自認為技藝超群，別人奉承著巴結著還好，如今春琴

有意刁難，則越顯漏洞百出，原本他就只是假借學藝其實另有所圖，這樣的嚴厲訓練怎能忍受，於是消極抵抗，無論春琴怎麼耐心教授，他都故意胡亂彈奏。終於，春琴發怒罵他：「笨蛋！」扔出的撥片正中其眉心，破了皮，利太郎喊了聲「疼！」隨後一邊擦拭著額頭滴下的鮮血一邊說：「你給我記著！」扔下這句話後，憤然離席，從此不見影蹤。

另有一說，說是加害春琴的是家住北新地附近的一個女孩的父親。這個女孩準備以後成為藝伎，所以決心接受嚴格的訓練，女孩在春琴門下忍受著責難刻苦地練習。有一天，這個女孩被春琴用撥片砸了腦袋哭著跑回家，髮際邊留下了傷痕。女孩的父親恐怕不是養父而是親生父親，故而勃然大怒，來找春琴算賬：「雖說是修行，但對年幼女孩的嚴酷總該有個限度吧？這孩子以後要靠這張臉蛋吃飯的，如今留下傷痕，可沒那麼容易就算了，你準備怎麼辦？」這人說了很多過激的話，春琴被激怒了，反唇相譏：「我這裏教授嚴格你們才來的，這點委屈都受不了還練什麼琴！」那女孩的父親不甘示弱：「打罵都沒關係，但是你眼睛看不見就太危險了，傷了哪裏也不知道，盲人就該有個盲人的樣子。」看那陣勢幾乎動武，佐助硬是勸說才算控

制住局面。那人回去後春琴臉色發青氣得發抖，許久沉默不語，最終道歉的話一句也沒說。據說這個父親記恨春琴毀了自己女兒的容貌因此復仇，將春琴也毀掉了。但是，即便在髮際留下了疤痕最多也是額頭中間或是耳後輕微的傷痕，不至於到影響命運的地步。倘若這位父親因為憐惜自己孩子而頭腦發暈對春琴復仇，那也太不通人情了。首先，對方是盲人，即使毀其容貌讓她變醜也不會對當事人造成太大的打擊，如果僅是為了報復春琴，應該還有其他很多痛快的方法吧。也許對方的目標不僅是讓春琴痛苦，而是也想讓佐助痛苦不堪，這樣看來利太郎首當其衝嫌疑最大，不知諸位怎麼看？究竟利太郎對勾搭有夫之婦如何癡迷我們不得而知，年輕時大家都覺得年長一些的比那些年輕的更有魅力，玩樂一番後覺得無趣，最終感到失明的美女最具吸引力吧。起初也許是一時興起才付諸行動，但是不僅碰了一鼻子灰，連眉心都被打破了，這才心生歹念進行報復的吧。

　　春琴本就樹敵頗多，除了這幾個人，興許還有別人因為其他事情心生怨恨也說不定，不能一口咬定就是利太郎。也未必是因為感情糾葛引起的，經濟上的糾紛也說不定，像前面說到的那個貧寒弟子，受到如此殘酷待遇的並

非一兩人，即使不像利太郎般無恥，嫉妒佐助的應該也有不少人。佐助身份特殊，為春琴「牽手」，時間一長難以掩人耳目，思慕春琴者暗自羨慕佐助，抑或是反感佐助對春琴無微不至的照顧。倘若是名正言順的丈夫，即使是情夫的待遇，大家也沒什麼多說的，但是佐助僅僅為春琴帶路充當下人的角色，從按摩到洗澡包攬照顧春琴的一切活計。看到如此忠心耿耿的佐助，了解內情的人都覺得好笑，有人嘲笑道：「不就是牽手嗎？我也會，哪怕辛苦點兒！不是什麼了不起的事。」由於憎恨佐助，便想著看一齣好戲，一旦春琴容顏盡毀佐助會怎麼辦？是不是依舊如此侍奉春琴？醉翁之意不在酒於是毀了春琴的容貌。關於春琴容貌被毀一事大家眾說紛紜，真相難以窺見。又有一種貌似可靠的說法出乎大家意料：加害者恐怕不是弟子，而是春琴同行業的競爭對手，可能是某位檢校或是某位女師傅。雖然沒有什麼可靠的證據，但也許旁觀者觀察得最為透徹。春琴自恃清高自認為是本行業第一人，並且其天賦逐漸被外界認可，這些除了傷及同行業教琴師傅的自尊心外，對他們也是威脅。檢校，是過去京都賜予男性盲人的殊榮，允許其穿著特別的服裝乘坐特別的車馬，在世人眼中的地位也大不相同，倘若他們聽到外界傳言「那人的

琴技還不如春琴」，尤其是盲人，就更加在意吧，為了讓春琴失去技藝與好評，於是想方設法採取了卑劣的手段。在業內由於嫉妒而偷給對方喝水銀❶的事件頻頻發生，而春琴更是歌唱樂器樣樣精通，再加上她愛慕虛榮自恃美貌，於是有人更加容不下她，最終毀了她的相貌。倘若加害者不是某位檢校而是某位女師傅，想必對春琴的美貌恨之入骨，乾脆毀了她的容貌以圖痛快。細數各種可疑原因，可以得知當時的情況下，春琴遲早要受到別人的暗算，不知不覺中，她已在四面八方埋下了禍根。

悲劇發生在前文說到的賞梅宴過去一個半月後，三月最後一天夜裏丑時即凌晨三點左右。《春琴傳》中這樣記載：佐助被春琴痛苦呻吟之聲驚醒，旋自奔去鄰室，急掌燈觀之。似有人撬開防雨窗，潛入春琴臥室，因覺察佐助迅速起身逃走，故一無所獲，賊人逃之夭夭，此時四周已無人跡。盜賊驚慌之餘，隨手抄起鐵壺朝春琴頭上擲去，然後逃竄。熱水飛濺於春琴如雪之豐頰上，留下一點燙

---

❶ 喝下水銀後嗓子就會被毀掉，這種事情在當時藝能界經常發生。── 三好行雄注

傷。其實只是白璧微瑕，花容月貌依舊在，毫無改變。然此後春琴對自己臉上這些微微傷痕甚感羞恥，常以綢巾遮面，終日籠居於一室，不常出於人前。雖親近之家人、弟子，亦難窺知其容貌。以至於生出種種流言蜚語。傳又曰：蓋其負傷極其輕微，幾乎無損於天生之美貌。之所以不願與人見面，乃其潔癖所致，將微不足道之傷痕視為恥辱乃盲人之過慮也。又云：然竟是何種因緣，數十日過後，佐助亦患白內障，雙目頃刻一片黑暗。佐助覺得眼睛矇矓，逐漸分辨不出物體之形狀之時，邁著突然失明者的怪異步履趨至春琴面前，狂喜叫道：「師傅！佐助已經失明，從此一生再也不會見到師傅尊容之微瑕。此時失明，適得其時哉！定是天意也！」春琴聞之，憮然慨嘆良久。由於同情佐助，傳記中不忍披露事情的真相，對事件前因後果的敘述只能說是曲筆，佐助突然患上白內障的說法更無法讓人信服，春琴再有潔癖再因為是盲人思慮過度，倘若真是無損容貌的燙傷，怎麼會終日以巾裹面羞於見人呢？恐怕事實上她已容顏盡失。根據鴫澤照以及其他兩三位知情人士的說法，賊人事先藏於廚房生火燒水，然後提著鐵壺闖進寢室，將壺嘴對準春琴從頭上澆下，其目的只為毀掉春琴容貌，與普通盜賊不同，此舉並非狗急跳牆之舉。那天夜

裏春琴完全昏迷，直到第二天才恢復意識，燙傷潰爛的皮膚兩個月後才完全乾透，想必是極其嚴重的燙傷。關於春琴慘遭毀容流傳著各種奇怪的說法，有的說她頭髮脫落到左半邊完全禿了，這些傳言恐怕不只是毫無根據的猜想。佐助失明之後無法看見春琴的容貌，「親近之家人、弟子，亦難窺其容貌」，果真如此嗎？恐怕不可能什麼人都不見吧，說不定鴫澤照就見過，只是她尊重佐助的想法將春琴容貌盡失一事對外保密。我也曾試探詢問詳情，但是她卻推託：「佐助始終認為師傅是絕世容貌，我也這麼認為。」並未告訴我實情。

春琴去世十餘年後，佐助向周圍親近者說起過此事，根據當事人的敘述，事情逐漸清晰。春琴被惡徒所傷當夜，佐助照例睡在春琴隔壁的房間，睡夢中聽見響動睜眼一看，長明燈已經熄滅，黑暗中傳來呻吟的聲音。佐助大吃一驚跳起來先去點燈，然後提著燈走向屏風後春琴的臥床，燈籠朦朧的火光照在屏風上，借著屏風反射出來微弱的燈光，佐助環顧四周，未見任何凌亂的痕跡，只是春琴枕邊扔著一個鐵壺，春琴安靜地躺在被褥中，只是不知道為什麼呻吟著。佐助原本以為春琴只是夢魘，於是在枕邊

輕聲呼喚：「師傅，您怎麼了？師傅！」想要叫醒春琴，突然佐助不禁大叫了一聲摀住雙眼。春琴已呼吸困難，只說：「佐助佐助，我的臉徹底毀了，不要看我的臉。」春琴一邊痛苦地掙扎著，一邊慌忙用雙手遮住自己的臉。佐助趕忙說道：「師傅，您放心，我不看您的臉，我已經把眼睛閉上了。」說罷，把紙燈籠移到遠處。春琴這才鬆了一口氣，之後一直不省人事。春琴昏迷之中一直反覆囈語：「不要讓別人看我的臉，跟誰都不能提起此事。」佐助安慰道：「您不用擔心，燙傷會痊癒的，師傅會恢復到原來的樣子。」春琴回答：「如此嚴重的燙傷怎會容顏無損？我不想聽你說那些安慰的話，重要的是不要看我的臉。」春琴意識恢復後，除了醫生，甚至都不讓佐助看見她受傷的樣子，換藥換繃帶的時候便將所有人趕出屋子。也就是說，佐助只是當晚在枕邊匆匆看了一眼春琴燙傷的臉，卻不忍直視立即背過臉去，春琴留給佐助的只是閃爍的燭火下非人的奇幻影像而已，後來佐助見到的也只是繃帶中露出的鼻孔和嘴巴。同春琴害怕別人看見自己的面目一樣，想必佐助同樣害怕看到春琴的臉，每每臨近床前，他都盡量閉上眼睛或是看往別處，盡量避而不見。事實上春琴容貌的改變佐助並不了解。春琴傷勢見好，有一天，房間裏只剩下佐助一

個人陪伴左右。春琴終於按捺不住突然問道：「佐助，你看過我的臉吧？」佐助回答：「沒有，沒有。師傅說不許看，我怎敢違背師傅的命令！」春琴說道：「很快傷就好了，繃帶也會拆下來，醫生就不會來了。別人無所謂，可不得不讓你看我的臉啊。」一向爭強好勝的春琴，大概因為精神上遭受挫折，說完後竟然流下了眼淚。春琴不停輕按繃帶擦拭兩眼的淚水。佐助也跟著黯然神傷，無言以對，只能流淚。許久，他說道：「我一定想辦法不看您的臉，請您放心。」似乎已經暗示著要發生什麼事情。

幾天以後，春琴可以起床下地了，繃帶隨時可以解下。春琴的傷病即將痊癒之時，一天清晨，佐助從女傭的房間偷偷拿來她們使用的鏡子和縫衣針，然後端坐在地板上，一邊照著鏡子，一邊拿著縫衣針扎向自己的眼睛。他不具有針扎眼睛就會失明的常識，只是想盡可能用痛苦少又簡便的方法使自己的眼睛看不見。他試著用針刺左眼珠，好像很難刺進去。眼白很堅硬，刺不進去，黑眼珠比較軟，刺了兩三下，恰好碰到合適的部位，噗哧一聲，進針有兩分左右。突然眼前白茫茫一片，他知道自己已經失去了視力。既不出血，也沒有灼熱感，而且幾乎沒有痛感。這是因為破壞了晶狀體組織造成的外傷性白內障。接

著，佐助又用同樣的方法刺瞎右眼。就在這瞬間，他的雙
目全部失明。不過，據說刺傷眼睛之後，還能模模糊糊地
看見物體的形狀，大約十天以後才完全看不見。

　　不久，春琴便可以下地了，佐助摸索著來到春琴床
邊，俯首說道：「師傅，我失明了，這輩子不會看見您的臉
了。」「這是真的嗎？」春琴只說了這一句便陷入長久的沉
思。有生以來，佐助從未感覺過如此的快樂。據說以前有
個惡七兵衛景清因見到賴朝俊俏而放棄復仇的念頭，並發
誓不再見到此人於是弄瞎雙眼。佐助的舉動雖與惡七兵衛
景清不同，但卻同樣悲壯。佐助失明是春琴要求的嗎？前
幾日她的哭訴不就是傳達這樣一個信息：「我遇到如此滅頂
之災，我想你也成為盲人。」讓人無法不這樣猜想。「佐
助，這是真的嗎？」這簡短的一句話在佐助聽來如同感受
到她戰慄的喜悅。兩人沉默相對時，佐助產生了一種盲人
獨有的第六感，這種能力讓他感到了春琴的感激之情，除
此之外別無其他。雖說兩人一直有著肌膚之親，但畢竟師
徒有別，如此心心相印，彼此交融合為一體還是第一次。
年少時佐助躲在壁櫥裏摸著黑練習過三弦琴，但心境大不
相同。大概盲人的眼睛能夠感受到光的方向，視野中還是
有一絲光明的，並非處在完全黑暗之中。佐助感到現在雖

然失去了雙眼，卻在心裏打開了一扇窗。啊！這就是師傅的世界啊！佐助心想，這回終於可以和師傅處在同一世界了。佐助逐漸失明的雙眼看不清房間和師傅的樣子，但那張裹著繃帶的臉卻映在灰白的視網膜上，在佐助看來那並非繃帶，而是兩個月前師傅完美無瑕白皙的肌膚，如同接引佛 ❶ 一般浮現在柔和的光環中。

「佐助，你不痛嗎？」春琴問道。「不，不覺得痛，和師傅您遭受的苦難相比這些算什麼？那晚不軌者躲在房中讓您蒙難，我卻睡著了絲毫沒有察覺，怎麼說都是我的錯。您讓我夜夜睡在您的隔壁就是為了以防萬一，但是卻發生了這麼一件大事，師傅您如此痛苦而我卻平安無事，我於心何忍，必須得接受懲罰才行。我朝夕跪拜神靈，祈禱『請將災難降臨到我的頭上吧，否則我無法贖罪！』終於願望成真，今早起來我已雙眼失明，可能是天意憐我才顯靈了吧。師傅，師傅，我看不見您改變的容顏，現在浮現的只有三十年來印在我心底的那張熟悉的臉，無論如何

❶　淨土宗和真宗的淨土信仰中，有德之人臨終時，侍奉菩薩負責接這些有德之人前往淨土的阿彌陀佛。—— 三好行雄注

請師傅允許我繼續貼身服侍左右，我突然失明，也許行動不如以前靈便，服侍您也不如以前貼心，但您周圍的日常事務還請不要交給他人。」佐助抬頭，失明的雙眼看向一束灰白的光，他覺得那應該是春琴的臉。「你如此堅定我非常開心，我不知道招何人嫉恨而慘遭如此橫禍，跟你說實話吧，如今的樣子被別人看見倒沒什麼，就是不想讓你看到，你竟如此了解我的用心。」「啊，感謝您，師傅剛才那番話讓我感到很幸福，這是雙眼失明換不來的。妄圖讓我和師傅陷入悲慘境地的傢伙不知道來自哪裏不知道姓甚名誰，但若是想以毀掉師傅容貌打擊我的話，那我就乾脆不看您的臉，只要我失明就等於師傅未遭受過災難，那麼他的險惡用心將全部化為泡影。那個傢伙肯定想不到會是這樣吧，不僅不會讓我感到不幸反而更加幸福呢，那個卑鄙的傢伙出此毒招，反倒讓我出其不意鑽了空子，一想到這些我就覺得心裏痛快！」「佐助，什麼都別說了。」這對失明的師徒相擁而泣。

　　兩人因禍得福，對他們後來的生活最為了解的健在者只有鴫澤照了。她今年七十一，明治七年十一歲的時候到春琴家做了關門弟子，除了跟隨佐助學習絲竹之道，她

還照顧兩位盲人的生活中的不便之處。一位突然失明，一位自幼看不見，而且是連筷子都沒有親自用過又奢侈成性的富家女，肯定需要這麼一個跑腿服侍的第三者，於是決心僱一個厚道一些的家傭。鴫澤照被僱用後由於心地好做事認真，深得二人信任長期侍奉身邊。春琴死後，又繼續服侍佐助，一直到佐助獲得檢校頭銜，也就是明治二十三年為止。明治七年鴫澤照初次到春琴家時春琴已是四十六歲，即遭難後的第九個年頭，已經上了年紀。她告訴鴫澤照由於某些原因不讓別人看自己的臉，也不允許她看，春琴經常身著帶紋理的白色綢緞和服外衣跪坐在厚厚的墊子上，用黃色的頭巾將臉裹得只剩下鼻子，連臉頰和嘴巴都遮擋住了。佐助刺瞎雙眼時已年近四十一，失明後生活諸多不便就不言而喻，即便這樣依舊無微不至地侍奉春琴，盡量不讓她感到絲毫的不便。在旁人看來也是非常感動。春琴依舊不喜旁人侍奉，說道：「我的這些事情明眼人幹不了，已經是多年的習慣了，只有佐助最了解。」穿衣、洗澡、按摩、如廁依舊由佐助一人侍奉。因此鴫澤照的工作與其說侍奉春琴倒不如說以侍奉佐助為主，她也極少直接接觸春琴的身體，只有侍奉春琴吃飯，這件事沒有鴫澤照是絕對不行的，除此之外，只是準備好用品，即間接幫佐

助完成一些事務。比如春琴洗澡時將二人領到門口自己便退下，待屋內響起擊掌聲再進去，這時春琴已經洗完澡穿好浴衣裹好頭巾了，洗澡的其他事宜皆由佐助一人完成。盲人為盲人洗澡該是如何的場景啊，好比當年春琴用手指撫摸梅花樹幹一般吧，其煩填叮想而知，佐助就是這樣侍奉春琴的。有時鴫澤照看不下去想要幫忙，然而當事人似乎很享受這種麻煩，在沉默相對中交流著細膩的愛情。相愛的兩個人享受著觸覺的世界，想來這是我們無法想像的生活。佐助犧牲自己侍奉春琴，春琴樂在其中，兩人樂此不疲，也就不足為怪了。然而除了侍奉春琴，佐助還要教授眾多弟子，這時春琴便獨處別室。春琴賜給佐助一個名號 —— 琴台，將門下弟子全部交予佐助，樂曲指南的招牌上，在鴫屋春琴名號旁寫著一排小字 —— 溫井琴台，鄰里同情佐助的忠義和溫順，反倒是比春琴時徒弟更多。佐助教弟子練琴時春琴獨自在裏間小屋欣賞黃鶯啼叫，有時有事想求助佐助，便不顧大家正在練習，連聲直呼：「佐助，佐助。」這時佐助便放下手中一切直奔裏間，因此佐助經常跟隨春琴左右，從不出門授徒，只在家中教授。這時道修町春琴的娘家已經家道中落，已無法每月按時送來生活費，如果沒這回事佐助怎會去教樂曲呢？繁忙的佐助還要

經常飛回春琴身邊，如同一隻孤鳥，教授徒弟時也必定是心不在焉吧，春琴應該也有同樣的煩惱。

　　承襲師傅的事業、支撐一家開支的佐助為什麼沒有正式娶春琴為妻呢？是因為春琴的自尊心依舊抗拒這件事情嗎？據鴫澤照所言，佐助曾親口說過，春琴早已不像以前那麼趾高氣揚了，看著如今的春琴佐助感到悲哀，無法接受春琴成為這樣一個悲慘的女人、可憐的女人。畢竟失明的佐助已經無法看到現實，腦海中存留的印象也永遠不變了，他的視野停留在過去那個記憶中的世界，倘若春琴因為災禍改變意志，那麼那人就不再是春琴了，佐助心目中存留的依舊是過去那個傲慢的春琴，否則，就破壞了一直以來春琴留給他的美好印象了。如此看來，一直沒有結婚的真正原因在於佐助。佐助以現實的春琴為媒介，為了喚起記憶中的春琴，盡量避免與春琴平起平坐，不但嚴守主僕之禮，甚至比以前更加畢恭畢敬。為了讓春琴早日忘掉不幸，重現當日的自信，佐助一直甘於微薄的收入，和其他下人一樣穿著粗布衣服吃著粗茶淡飯，所有的收入都用於春琴的日常開銷。為了縮減開支，佐助減少了僕人的數量，在各個方面點點滴滴地厲行節約。為了安慰春琴，佐

助極力周全一切事宜，因此，失明後的佐助比以前更加辛苦。鴫澤照說，當時有些弟子覺得佐助過於寒酸，於是勸他稍稍修整一下邊幅，卻不想佐助根本不聽。一直以來，佐助都禁止弟子喊他師傅，讓他們直呼自己佐助，大家便閉口不言盡量避免稱呼。因為職責關係，鴫澤照避開稱呼，於是經常叫春琴為「師傅」，直呼佐助名字，也就習慣了。春琴死後，佐助把鴫澤照當作唯一的傾訴對象，經常聽佐助提起春琴，鴫澤照動輒陷入對仙逝恩師的追思，也是由於這個原因吧。後來，佐助被封為檢校，大家才敢無所顧忌地稱呼他「師傅」或是「琴台先生」，但是對於鴫澤照，依舊願意她直呼其名，不許她使用敬稱。佐助曾經對鴫澤照說過：「大家都認為失明很不幸，但我認為失明給我帶來了完全不一樣的體驗，整個世界反而成了一片淨土，彷彿世界上只有我師徒二人，並且生活在觀音的蓮花台之上。失明後，我看見了很多東西，師傅美貌的容顏也是在失明之後才感受得更加深刻。另外，不可思議的是，師傅柔軟的手腳、光滑的肌膚、美妙的嗓音，這些在失明之前我都不曾感受到，尤其是師傅對三弦琴的精妙之處，也是在失明後才真正領悟。整日說師傅在這方面有天賦，失明後才真正明白，嘆息自己拙笨的技藝和師傅相差太遠，可

是之前卻未曾發現，實在是醒悟太晚。回顧過去，自己是多麼愚蠢。如果神明給我重獲光明的機會，我想我會放棄。師傅和我都是在失明之後才體味到前所未有的幸福。」畢竟這是佐助自己的說法，和事實是否一致尚存疑點，但是拋開這些，春琴的琴技難道不是因為這場災難才精進不少的嗎？再怎麼有天賦，如果沒有嘗過人世間的酸甜苦辣，便難以悟出其中的真諦。春琴自小嬌寵，不知人間疾苦，也從未有人給過她教訓，然而老天給了她一個慘痛的考驗，讓她幾乎徘徊在生死邊緣，挫敗了她的傲氣。這樣想來，這場讓她容貌盡毀的災難也是一味良藥，無論是感情還是藝道，都使她達到了先前未曾想過的至高境界。鴫澤照說，偶爾能夠聽到春琴為了消磨時間自己撥弄琴弦，也曾看見佐助端坐一旁低垂著腦袋專心傾聽得如癡如醉，眾弟子聽到從裏面傳出的美妙琴聲無不感到驚訝，紛紛感慨：「莫不是那琴中另有玄機？」那時的春琴不僅是琴技，在作曲方面也是苦下功夫，經常能夠聽見她半夜還在頻繁試音，鴫澤照記得她創作的曲目有《春鶯囀》、《六瓣飛花》。前幾日有幸聽到這幾首曲子，從中足以窺見春琴作為富有創造性作曲家的天賦。

春琴是從明治十九年六月上旬開始生病，生病前幾

日，春琴和佐助來到庭院打開籠子，將心愛的雲雀放飛空中。根據鴫澤照回憶，當時師徒二人手牽著手共同仰望天空，聆聽從天際飄來的雲雀的叫聲，雲雀一邊啼叫一邊振翅高飛，越飛越高直至雲霄，良久還不見歸來，兩人都有些著急，又等了一個小時，最終那雲雀還是沒有歸來。自此，春琴開始悶悶不樂，後又患上腳病，入秋以後越加嚴重，十月十四日因心臟麻痺與世長辭。除了放飛的雲雀，家裏還飼養著三代天鼓，春琴死後一直活著。佐助一直未能平復，每每聽到天鼓啼叫便悲痛不已，於是就在佛前燒香，有時是古箏有時是三弦琴，彈奏著那曲《春鶯囀》。此曲開頭的歌詞是「綿蠻黃鳥，止於丘隅」。這首曲子是春琴的代表作，傾盡了無數心血，歌詞雖短但曲調複雜。春琴是聽著天鼓的啼叫而獲得靈感的。那曲調的旋律從「今將解凍黃鶯淚」的意境開始，始自冰雪初融的深山，溪流水漲潺潺，松濤陣陣拂動，遍山煙霞，梅香撲鼻，櫻花如雪，陶醉人心，這首曲子將人帶入如此美妙的景色之中，似乎在低聲訴說著來回穿梭在枝頭之間啼叫的鳥兒的心聲。春琴生前彈奏此曲時天鼓定會歡喜雀躍盡情歌唱，彷彿是要與春琴的演奏聲一爭高低，想必聽到此曲，天鼓便會想起故鄉的溪流想念廣闊天地的暖暖陽光吧。那麼彈奏

《春鶯囀》的佐助心神又會飄往何處呢？他已經習慣通過觸覺這個媒介凝視臆想中的春琴，難道他要以聽覺來彌補這個缺陷嗎？人只要沒有失憶便會在夢中遇到故人，但是對於一直在夢中才能凝視生者的佐助而言，也許無法明確何時才能跟春琴真正訣別。

順便提一下，除了上文提到的孩子，佐助和春琴還育有兩男一女，女兒出生後不久便夭折了，兩個男孩均在嬰兒時便送到河內農家寄養。春琴死後，佐助似乎並不想念他們，完全沒有要回來的意思，孩子不願意回到失明的親生父親身邊。晚年的佐助，既無子嗣也無妻妾，被弟子照顧著。於明治四十年十月十四日，恰在「光譽春琴惠照禪定尼」忌日這一天，以八十三歲之高齡逝去。在他剩下二十一年的孤獨人生中，佐助在心底塑造了一個與往昔完全不同的春琴，並且形象越加光輝。天龍寺的峩山和尚聽說佐助自毀雙眼的故事後，讚賞他當機立斷逆轉天機、化醜為美的禪機，說他的悟性幾近高人，諸位讀者以為何如？

# 刺青

這些事發生在人們還擁有今謂之「愚昧」的高貴品德的年代，世間不像如今這樣互相傾軋。為了取悅地主鄉紳和貴族少爺，為了讓官房裏的掌事女管家和花魁笑語不斷，茶坊主、幫閒 ❶ 這種賣弄嘴皮子的職業流行於世，人們過得甚是悠閒自在。女定九郎、女自雷也、女鳴神 ❷ ── 無論是在當時的戲劇裏還是草雙紙 ❸ 裏，凡是樣貌出眾者都處優勢，樣貌醜陋者都居劣勢。眾人對美趨之若鶩，甚至開始在自己天然生得的皮膚上注入奪目的線條和絢爛的色彩。

去往花街柳巷的那些客人，喜歡選擇那些繪有漂亮紋身的漢子做自己的轎夫。吉原、辰巳 ❹ 的風月女子，也對有紋身的男人情有獨鍾。賭徒和工匠自不必說，雖在一般人中還屬罕見，但當時已有不少行業甚至是武士也開始熱衷紋身。在不定期舉行的刺青大會上，人們會指著對方的紋身，互相誇耀和評價各自的刺青師傅。

清吉是一位手藝非凡的刺青師，雖還年輕但他的手藝

---

❶ 茶坊主：當時在江戶城裏打扮得像僧人一樣的奉茶和做雜務的小廝。幫閒：專為那些光臨風月場所的客人助興的男子。

❷ 女定九郎、女自雷也、女鳴神：都是在當時歌舞伎中出現過的角色。

❸ 草雙紙：指江戶時代繪有插畫的讀物。

❹ 吉原、辰巳：當時江戶城裏出名的煙花風月場所。

可與淺草的茶利文、松島町的奴平等大師媲美，一時聲名大噪。有很多人的肌膚，都成為清吉的畫布。在刺青會上享譽的紋身，大都出自清吉之手。據說達磨金擅長暈染手法，唐草權太因朱刺手法高超而飽受讚譽，清吉則以奇特的構圖及妖豔的線條聞名於世。

清吉原本就傾慕豐國國貞的畫風，以浮世繪畫師自居，在淪為刺青師之後，清吉也不曾放下自己作為畫師的心性，有著非同常人的創作敏感。清吉固執於自己中意的皮膚和骨骼，若非如此便會一作難求。即使有人偶爾有幸求得清吉的紋身，那也得遂了清吉的意，無論是紋身構圖或是價錢都容不得商量，此外，還得忍受一個月或是兩個月針尖刺入肌膚的錐心之痛。

在這個年輕的刺青師心中，埋藏著不為人知的快樂與夙願。每當被清吉的針尖刺入肌膚，大多數的男人都會因為無法抵禦的痛而發出呻吟。但對於清吉而言，看著鮮血滲出的腫脹肌膚，聽著耳畔響起的苦楚呻吟，並且呻吟聲越是激烈越會讓清吉感受到一種不可言喻的快感。在刺青中，最痛的就是朱刺及暈染了，而清吉卻常在運用這兩種手法時倍感愉悅。那些為了讓紋身色彩鮮豔，在一日之內接受清吉五六百針的人，往往都在紋身完成時已呈半死狀

動彈不得。而清吉總是冷漠地看著那些因疼痛而倒在自己腳下的人，嘴上說著「想必一定很疼吧」，心裏卻在享受莫名的快感。

偶爾有些個不夠堅強的男人，會因為無法承受這紋身之痛，面部肌肉抽搐咬緊嘴唇發出哀鳴。此時，清吉便會說：「你也算是江戶男兒，怎可忍不住這點疼痛。」然後斜眼看著眼含淚水的男人，繼續無所顧忌地一針針刺下。另外，若是遇到那些膽大堅強，在紋身時連眉頭都不皺一下的硬漢子，清吉便會狡黠地一笑，對對方說：「嗯，你可真是不可貌相的堅強漢子。不過，接下來可是要越來越痛了，不管怎麼樣你都會忍不住。」

多年來清吉心中都懷有一個夙願，那就是覓得光澤動人的美人肌膚，將自己的靈魂刺於其上。關於那位美人的天資和容貌，清吉有眾多要求。僅僅擁有漂亮的臉蛋和光滑的肌膚，是無法讓他得到滿足的。尋遍江戶花柳街容貌傾城之女子，卻無一人能夠契合清吉的心意。清吉早已在心中勾勒出自己所求美人之樣貌和體態，雖是懷揣憧憬空等了這幾年，但他仍未放下心中的夙願。

苦等四年後的一個夏日黃昏，清吉從深川的一家叫平清的料理屋前經過，無意間看到了門前停放的轎子裏隱

約顯露出來的年輕女子的纖纖玉足。對清吉而言，人的腳跟、人的臉一樣會呈現出複雜的表情，有幸看到這雙玉足便是如獲至寶。細看那雙玉足，纖細的五根腳趾整齊排列，粉嫩的趾甲讓人不禁想起沙灘上的貝殼，腳踵圓潤似珍珠，肌膚水潤似清泉。如此一雙玉足，只有男人的鮮血才可以滋養它。清吉按捺住心中的悸動，趕緊尾隨其後，只為求見女子一面。可機緣不巧，那女子所乘的轎子在街角竟然消失得無影無蹤。

清吉敗興而歸，卻始終無法忘懷，對那雙玉足的相思之意日漸濃厚，這眼看就到了第五年春天。一日清晨，在深川佐賀町的家中，清吉閒來無事，嘴角叼支牙籤，對著自家斑竹柵欄旁邊的那盆萬年青發呆。此時，忽聞有人來家拜訪，眼見從柵欄邊，走來一位陌生女子。

清吉看著女子打扮，便也猜得女子是辰巳的藝伎使喚過來的丫頭。

「我家姐姐吩咐，讓我親手將這件衣服轉交予師傅，煩請師傅在袖襯上繪上圖案。」女子一邊向清吉解釋，一邊打開了赤金色的包袱布，從中取出一件用繪有岩井杜若畫像的紙包裹的羽織，此外還有一封信。羽織的主人在信上除拜託清吉賜予畫作以外，還提及這送包裹的丫頭，稱自

己視其為妹妹，希望清吉可以看在自己的面子上，關照這丫頭。

「我們之前可曾見過，或是你之前來過我這裏？」清吉一邊詢問，一邊仔細打量著女子。這女子雖然看似年方十六七，可總讓人覺得她似多年身處風月之地，已有為數不少的男人被其勾走了魂魄。女子的風韻，是這江戶城裏眾多男女求之而不得的。

「你去年六月的時候，可曾乘轎子路過平清料理屋門口？」清吉向女子發問時，還不忘仔細打量立於台階之上的女子那雙精緻的玉足。

「嗯。那時候我父親還健在，他時常會帶我去平清。」女子微笑作答，在女子看來清吉的問題有些奇怪。

「今年正好是第五年，這五年我一直都在等著你的到來。雖然今日是初次與你謀面，但是對於你的那雙玉足我可是未曾忘懷過。我有些東西要給你看，快請進屋。」清吉拉起女子的手，將其引入二樓的客廳。隨即拿來兩幅卷軸畫作，將其中一幅打開擺放在女子面前。

那幅畫所繪之人，是古時暴君夏王履癸的寵妃妹喜。頭戴鳳冠身穿綾羅憑欄的妹喜，手舉酒杯欲將其一飲而盡。妹喜站在高處眺望著庭院中即將被行刑的男子，而那

男子被鐵鏈捆綁著手腳，在妹喜面前耷拉著頭等待命運的最後宣判。這幅畫作勾勒出的妹喜風姿綽約之神態及受刑男子絕望之表情，都可謂絕筆。

對於擺在自己面前的這幅畫作，女子起初只是被這奇異的畫面所吸引，可不知不覺中女子的眼睛開始放光，嘴唇也在微微顫動，面容也開始跟畫作中的妹喜越來越像。女子內心深處隱藏的另外一個「自己」開始浮現。

「這幅畫，可是繪出了你的真心？」清吉直視女子，會心一笑。

「師傅何以給小女看這樣一幅令人心驚膽戰的畫作？」女子臉色蒼白，追問清吉。

「畫作所繪之人就是那個你隱藏起來的自己。你的身體裏流淌著和她一樣的血液。」清吉說完，隨即又展開了另外一幅畫作。

這是一幅題為《肥料》的畫作。畫作中央，一年輕女子身子斜靠櫻花樹幹，趾高氣揚地凝視著被自己吸乾精血，而後倒在自己腳下的纍纍男屍。畫作中女子身邊環繞著為其高唱凱歌的小鳥，她的眼眸裏充滿了難以抑制的驕傲與喜悅。或許因為欽佩畫作中女子得勝，又或許被春日花園的美景所吸引，面對擺在自己眼前的這幅畫作，女子

似乎找尋到了另外一個熟悉的自己。

「這幅畫就是你將來的寫照。從今往後，也會有眾多的男子因你而甘願捨棄性命。」眼前的女子雖與畫作中的女子容貌上大相徑庭，但對清吉而言她們似乎早已合體。

「日後之事現在何以知曉，求師傅快將畫作收起。」女子像是逃避誘惑一般，將視線從畫卷上移開，轉頭俯身。

片刻之後，女子輕聲開口：「正如您所想，我自知我身上有著和畫作中女子一樣的根性。正因如此，請您別再逼迫小女，快快將畫作收起。」

「別說那些沒膽量的話，你再仔細瞧瞧這畫作。能夠看到畫作感受到恐懼，也只限於今時今日。」清吉道出此言時，臉上飄過了一絲點笑。

然而女子並未因此而抬起頭來，她依舊用衣袖半遮了臉，反覆對清吉說：「師傅，求您放小女回去。在您身邊，小女不勝惶恐。」

「此言差矣，我將親手把你變成世間尤物。」清吉一邊說，一邊向女子靠近。他的貼身口袋裏，藏著多年前從荷蘭醫生那裏索取的麻醉藥。

陽光鋪滿了平靜的河面，沿著窗口反射進來，把整個客廳的榻榻米映得通紅。女子已沉沉睡去，她的臉頰上也

鍍上一層金色的波光。清吉關上了客廳的隔扇,他手持紋身工具,坐在女子身旁靜靜地發呆。對於清吉而言,現在終於可以靜下來用心體味女子的美貌了,只要可以面對女子這美輪美奐的容顏,即便讓他守在這屋子裏十年甚至上百年,他也將甘之如飴。就像古埃及人用金字塔和獅身人面像來裝點埃及一樣,清吉將用自己的戀慕之情來渲染女子天生潔淨的肌膚。

終於清吉開始在女子背部的肌膚上構圖,他左手持筆畫圖右手行針挑刺。這位年輕刺青師的靈魂早已融入自己的筆墨之中,隨著下針處躍上女子體膚。加入了燒酒的琉球朱顏料,每一滴都是清吉用生命釀造而成,那是清吉靈魂的色彩。

時近黃昏,清吉行針的手未作片刻停歇,女子也還停留在沉沉的睡夢之中。此時,女子家人因為擔心,差了小廝前來。清吉扯謊說:「你家姑娘早就離開我這兒回去了。」便草草打發了小廝回去。

明月當空,對岸的土佐藩主家被月色籠罩,周圍的家家戶戶也都披上了銀色的月光,清吉挑了挑蠟燭的燈芯,眼下繪在女子身上的紋飾還未完成一半。對於清吉而言,哪怕是注入一小滴的顏料都並非易事,每一次針起針落,

他都會深吸一口氣，那感覺就如同是每一針都落在自己的心上。

夜空漸漸發白，清吉下針處漸漸擴大，一幅蜘蛛的圖案開始成形，這魔鬼風姿的動物，伸展四對步足盤踞在女子後背。

河面上來來往往的船隻徹底打破了春夜的寂靜，晨風吹動船上的白帆。朝霞初升，中州、箱崎、靈岸島家家戶戶房頂的瓦片開始在霞光中閃耀。清吉終於擱下手中的畫筆，凝視著女子後背上的蜘蛛紋身，這紋身可謂是清吉生命的全部寄託。清吉在完成紋身的那一刻，內心也好似被掏空了一般。

清吉靜坐片刻之後，他那沙啞的聲音開始在房間中迴響。

「我為了將你變成真正的美人，在為你紋身時已將自己的靈魂注入。從這一刻起，你已是全日本最美的女子。你已不必再害怕，世上所有的男人，都將成為滋養你的肥料。」

或許是因為領會了清吉所言，女子的嘴角滑過一絲輕微的呻吟。女子漸漸恢復了意識。隨著女子痛苦的呻吟，她背上的蜘蛛也好似深入了其肌膚，開始慢慢蠕動。

「很痛吧？那都是因為蜘蛛抱住了你的身體。」

聽聞此言，女子緩緩睜開雙眼。她的雙眸像是夜間的月亮，那閃耀的月光移向男人的臉上。

「師傅，快快讓小女看看這紋身，您說這紋身裏繪入了您的生命，那一定很美吧？」

女子的話聽似囈語，可語調裏卻也讓人聽出一種力量。

「接下來還要入浴，讓紋身色澤鮮豔起來。會很痛苦，你忍耐一下。」清吉將嘴巴貼近女子的耳邊，安慰似的低聲私語。

「只要能變美，不管多痛苦小女都會忍受。」女子強忍疼痛，微笑著對清吉說。

「啊啊，熱水滲入肌膚真是讓人痛苦萬分。師傅，我不想讓男人看到我這樣的狼狽相，煩請師傅在樓上等我。」出浴後的女子推開想要安慰自己的清吉，由於劇烈的疼痛無力地倒在地板上，就像被惡夢魘住般發出呻吟。女子的頭髮凌亂地散落在臉頰上，她身後豎著一面鏡子，女子白皙的雙腿映照在鏡面上。

女子和昨日完全不同的態度，著實讓清吉大吃一驚，但他還是聽了女子的話，獨自上了二樓。大約過了半個時辰，女子將頭髮披在雙肩上，裝扮整齊上了二樓，之前苦

痛之相已全無蹤影。一臉舒暢愉悅的女子，憑欄抬頭仰望天空。

「這幅畫和紋身就一起送給你了，你可以將它帶回去。」說著清吉將畫卷放在了女子面前。

「師傅，我已不再是之前那個懦弱的小女子。您可是最先成了我的肥料了呢！」女子那如劍鋒般的眼眸開始閃耀，在其耳畔響起了勝利的凱歌。

「你回去之前，再讓我看一眼那紋身吧！」清吉說。

女子默默點頭，褪去衣衫。清晨的陽光揮灑在紋身上，女子背上的蜘蛛像是燃燒了一般絢爛奪目。

少年

說起來已是二十年前的事情了。當時我十歲左右，每天從蠣殼町二丁目出發，前往水天宮後的有馬學校上學。時值春暖花開之際，人形町大街上的天空湛藍湛藍的，街道兩旁商舖林立，懸掛在門口的藍色布簾沐浴在春日的陽光下，就連我這樣的懵懂孩童也感受到春意，心情無比舒暢。

　　這一天，天氣晴朗，讓人昏昏欲睡的下午課終於結束了。我用沾滿墨跡的雙手抱著算盤準備走出校門時，突然聽到有人叫我的名字 ——「荻原小榮」。追上來的是塙信一，我同級的同學，已經是四年級的他從上學的第一天開始身邊就一直跟著個老媽子，一副很沒出息的樣子，背地裏大家都說他是愛哭鬼、膽小鬼，也沒什麼人和他玩。信一怎麼會跟我打招呼呢？我心裏一邊犯著嘀咕，一邊打量著這位少爺和他身邊的老媽子。

　　「有什麼事嗎？」我回答道。

　　「今天來我家裏玩吧，我家院子裏有稻荷祭 ❶ 儀式。」

　　從他那粉嘟嘟的嘴唇中發出的聲音，優美中略顯膽

---

❶　稻荷祭：日本祈求五穀豐登的祭祀儀式。稻荷祭時，武家一般會在家中舉行各種活動，並允許老百姓家的孩子前來遊玩。

怯，他用懇求般的眼神望著我。面對這個總是孤零零、受人欺負的同學的邀請，我一時不知該如何應對，怔怔地盯著他。平日裏，我也就是衝他喊幾句膽小鬼之類的話，尋尋開心，除此之外和他並沒有什麼交情。今日他真真兒地站在我眼前，我仔細打量，發現人家不愧是大家出身的公子，確實氣宇非凡。絲質窄袖和服上繫著博多的上好腰帶，外面套著上等的黃底兒絲綢褂子，腳上穿著白色布襪子，踏著木屐。這一身裝扮與他白皙的瓜子臉非常相稱，襯托得氣質更顯高貴。我看得都有些發呆了。

「那個，荻原家的公子，來和我家公子一起玩吧，今天我們家裏有稻荷祭儀式，我家公子的母親吩咐公子盡量帶位乖巧可愛的朋友一起回去過節，所以公子邀請了您，還請務必賞臉。不知您是否願意前往？」

那老媽子也發話了，我心中暗自竊喜，故意用一副正經八百的口吻回答道：「這樣的話，我就先回家打個招呼，然後再去貴府吧。」

「哎呀，是呀是呀，那麼小的和您一起回府吧，我來跟您母親說，我們一起走吧。」她連聲附和道。

「不用了，我知道你們家在哪裏，等會兒一個人去就好了。」

「那也好，我們恭候您大駕。請轉告家裏，回去的時候我會送您回府，請家裏不要擔心。」

「好的，過會兒見。」

我轉向信一那邊熱情地打了個招呼。然而他依舊那副表情，連個微笑都沒有，只是彬彬有禮地點了點頭。

一想到從今天開始便要和這位貴公子結交了，我心裏不禁美滋滋的。也顧不上等理髮店家的幸吉和船老大家的鐵公這些平常的玩伴了，我一門心思急匆匆地趕回家裏，脫掉上學時穿的藏青棉布衣服，換上縐綢褂兒，登上木屐，衝著屋裏喊了聲「媽，我出去玩一會兒」，便奔向信一家。

從有馬學校一直往前走，越過中之橋，沿著濱町岡田家的圍牆一直走就來到河岸大道。以前新大橋附近右側有家點心店和仙貝店，現在這裏一片落寞幽靜。馬路對面有一座高牆環繞、正門高大氣派的庭院，那便是信一家。從正門走過，透過茂密的庭院花木可以看到傳統日式房屋高雅大氣的銀灰色瓦頂以及富麗堂皇的西洋建築緋紅色的屋頂，一看便知是富庶的雅士之家。

今日院內有稻荷祭儀式，牆裏時時傳出演滑稽戲的太鼓聲。小巷子裏的側門敞開著，附近窮人家的孩子成群結

隊地往院子裏擁。我原本打算走正門，讓看門人傳話給信一，但此時卻不知為何，心裏有些膽怯了，最終還是跟著那些孩子一起從側門進了院子。

多麼氣派的宅院啊！我站在葫蘆形水池邊綠綠的草地旁，駐足眺望這大到不可思議的庭院。整個庭院像是一幅優美動人的名畫，溪流、假山、石燈籠、瓷雕仙鶴、景觀石，錯落有致。一塊巨大的原本做寺廟基石的伽藍石旁是一條蜿蜒的小路，間隔著鋪設著踏腳石，一直通向遠處大殿模樣的屋宅。我以為信一應該在那裏，隱約覺得今天恐怕是見不到信一了。

孩子沐浴著暖暖的陽光在毯子般柔軟的青草地上放肆地玩耍著。放眼望去，位於庭院一角的稻荷祠堂和後門之間掛著一排排寫著詼諧話、雙關語之類的燈籠。派發甜酒、關東煮、年糕小豆湯的攤子也隨處可見，助興的神樂表演和兒童相撲比賽場地周圍黑壓壓地擠滿了人。然而，我無心欣賞這些，甚至覺得有些失望，漫無目的地行走在庭院中。

「小哥兒，來喝杯甜酒吧，不要錢的。」

甜酒攤子上一位繫著紅色束袖帶的老媽子微笑著招呼我。我陰著臉沒有理會她。

不一會兒，關東煮攤位上的禿頂老漢熱情地衝著我喊：「過來嚐點關東煮吧，不要錢的。」

我不耐煩地回了句：「不用了，不用了！」

終於，我完全放棄了。絕望地往側門方向折回時，卻不想，一個下人模樣、渾身酒氣的醉漢不知從哪裏冒了出來。

「小哥兒，你還沒領點心吧？拿點兒吧。來，拿著這個，去那邊的大嬸那兒領，去晚了就沒了哦。」

說著便塞給我一張紅色領點心的小票。看著小票，我心中忽然湧起一絲傷感。但是我轉念一想，覺得也許去那邊說不定能遇見信一，便照著那位醉漢說的，拿著小票走回了院子。

真是幸運，沒過多久，就遇到了信一身旁的那位老媽子。

「公子，您來啦！我一直在等您呢。走，我們去那邊吧，可不能讓您和這群卑賤的孩子待在一起。」

她親切地牽起我的手。不知怎的我突然哽咽了，一句話也說不出來。

我們沿著外廊往前走，這外廊離地面很高，大約有小孩身高那麼高。繞過位於院內醒目位置的大客廳，來到後

面一個十坪左右的中院。老媽子帶著我走到院子裏一個用竹屏風圍起來的小客廳前。

「少爺，您的朋友來啦！」

老媽子站在梧桐樹下通報了一聲。只聽裏面傳來了細碎的腳步聲。

「進來！」

隨著一聲高亢的應答，信一從側面走了出來。如此鏗鏘有力的聲音，讓我無論如何也無法將眼前這個人與往日那個膽小怕事的信一聯繫在一起。眼前的信一身著盛裝，完全換了個人似的，黑色綢緞的和服上套著絲綢短褂，黑色綢緞在陽光下發出了銀色的光芒，熠熠生輝。

信一牽著我的手，帶我走進了一間八張榻榻米左右小巧精緻的會客廳。屋子裏散發著點心的香味，榻榻米上鋪著兩張坐墊。不一會兒，茶水呀點心呀配著小菜的糯米小豆飯什麼的擺滿了一桌子。

「少爺，這是您母親吩咐給您和朋友拿來吃的。您母親還吩咐讓你們好好玩，今天穿著這麼漂亮的衣服，不要太淘氣了，要乖乖的！」

那老媽子又招呼了我一番，讓我多吃些，然後退了下去。

這是一間安靜明亮的屋子。

陽光照在紙拉門上，映出外廊上紅梅的影子，院子裏傳來咚咚咚神樂的太鼓聲和孩子的嬉戲聲，我彷彿置身於另一個世界。

「信一，你經常待在這裏嗎？」

「不是啊，這是我姐姐的屋子。這裏有很多好玩的玩具，都是姐姐的，我拿給你看吧。」

說著，信一從地台裏拿出了很多人偶，猩猩造型的奈良人偶、做工精細的老爺爺老奶奶、袖珍版的西京芥子人偶、風格素樸的陶質伏見人偶、伊豆藏人偶等，應有盡有。這些人偶圍著我們整齊地排列著，那種帶竹籤的泥塑人偶頭像齊刷刷地插在榻榻米的接縫處，男女老少、各式各樣、密密麻麻地排滿了兩張榻榻米的四周。我們趴在墊子上一起觀賞著這些長鬍子的、突眼睛的、精緻的各式人偶，想像的翅膀帶我們漫遊在這些小人偶的世界裏。

「我這兒還有很多畫冊呢。」信一又拿出了很多畫著半四郎和菊之丞 ❶ 肖像的畫冊給我看。不知道這些木版印製的畫藏了有多少年，可是畫面的顏色依舊光鮮亮麗。打開色

❶ 半四郎、菊之丞：歌舞伎名角。

彩絢麗的美濃紙的封皮，略微發霉的紙張上滿是些舊幕府時代俊男靚女的肖像，這些畫像從五官到四肢都栩栩如生躍然紙上。剛開始看到的是一些小姐和侍女在院落裏追螢火蟲的生活畫面，卻不想接下來呈現的內容完全不同。戴著斗笠的武士斬下人的首級，站在孤橋上藉著月光閱讀從死屍懷中搶來的書信；身穿黑衣的蒙面人潛入宮中，將刀刺向在被中熟睡的宮中女子的喉嚨；朦朧的燭火下，站著一位穿著睡袍的美豔女子，口含帶血的剃刀，盯著腳旁撲倒在地的男人冷冷地說道：「活該！」這些奇異的殺人場景、眼球飛出去的死人臉龐、被攔腰斬斷後下半身還挺立著的畫面，令我們兩人興趣盎然。正當我們出神地凝視著這些血跡斑斑、充滿神秘色彩的血腥畫面時，只聽到有人喝道：

「呀！信一又亂動人家的東西了。」

循聲望去，只見一位穿著友禪綢緞和服、十三四歲模樣的女子從門口走了進來，眉宇間透露著威嚴和一絲稚氣，她站在我和她弟弟面前，眼神犀利地盯著我們。出乎我的意料，信一沒有絲毫懼怕，臉色都沒變，只是淡淡地回了句：「說什麼呢？什麼亂動呀！這不是給朋友看看嘛！」他完全不理會姐姐，甚至連眼皮都沒抬一下，繼續翻著手

中的畫本。

「怎麼沒亂動！喂！我都說了不行！」

姐姐急忙衝過來想奪下信一手中的書，然而信一絲毫沒有放手的意思，兩人一人拽著一邊，眼看書就要從裝訂處扯斷了，他們就這樣僵持著瞪著對方。

「姐姐小氣鬼！我才不稀罕呢！」

信一突然鬆開了手，順手拿起手邊的奈良人偶朝著姐姐的臉砸過去，結果沒有砸中，扔在了牆上。

「不許看這個！這還不算亂動嗎？你又打我，好啊，要扔東西你就多扔些！你看你看，上次也是你，這裏的疤痕現在還沒完全消呢。我會告訴父親的，你給我記著！」

信一的姐姐憤怒地眼含淚水，捲起和服的衣角，讓我們看她雪白小腿上的傷痕。從膝蓋到腳脖間，吹彈可破的肌膚上一些紫色的瘀青清晰可見，讓人看著不免心生憐惜。

「想告你就去告吧！小氣鬼！小氣鬼！」

信一將那些擺放整齊的人偶胡亂踩了一番，對我說道：「我們去院子裏玩吧。」拉起我就跑了出去。

「你姐姐是不是還在哭呀？」出來後，我覺得信一的姐姐很可憐，擔心地問道。

「哭就哭吧，管她呢。我們每天都吵，她每天都哭。說是我姐姐，不過就是個妾室的女兒罷了。」

信一一副根本不介意的樣子，走向西洋館和日式建築中間那片高大的欅樹、朴樹的樹蔭處。大樹枝繁葉茂，遮天蔽日，潮濕的樹蔭下生滿了青苔，走進這裏一股陰冷的潮氣便順著衣領滲入了肌膚。樹下還有一汪水潭，興許之前是口老井吧，綠油油的水草浮滿水面。我們兩腿耷拉著坐在水潭邊，嗅著潮濕的泥腥氣，發著呆。突然，不知從哪裏傳來了一陣美妙的樂曲聲。「這是什麼啊？」我一邊說一邊豎起耳朵仔細傾聽著。

「那是姐姐在彈鋼琴呢。」

「鋼琴是什麼？」

「像風琴一樣的東西，姐姐是這樣跟我說的。有個外國女人每天都去那棟房子裏教她。」

說著信一便指向西洋館的二樓，從粉紅色的窗簾中不斷傳來妙不可言的琴聲，時而像森林深處精靈的笑聲，時而像童話故事裏小矮人歡笑舞蹈的聲音，令人浮想聯翩。這神奇的音樂潛入我幼小的腦袋中，讓我恍惚間以為那樂聲來自古井的深處。

一會兒，演奏停止了。可是我意猶未盡，一心盼著從

窗戶可以看到那個外國女人和彈琴的姑娘，眼睛直勾勾地盯著二樓。

「少爺，咱們三個人玩點什麼吧。」

循聲望去，不知道從哪裏冒出個小子。他是我們同校的學生，高我們一兩個年級，雖然連名字叫什麼都不知道，不過因他欺負弱小臭名昭著，所以那張臉我還是認識的。我不知為什麼他會出現在這裏，感到有些驚訝，便什麼也沒說，只是默默地看著他們。信一對他「仙吉」、「仙吉」地直呼大名，而他則一副討好巴結的嘴臉，一直稱信一為少爺。後來我問了信一才知道，這個叫做仙吉的孩子是他們家馬夫的兒子。那時信一的樣子在我看來，簡直就像外國的馴獸美女一般，俊美又富有神奇魔力。

「那我們來玩抓小偷的遊戲吧，我和小榮當警察，你當小偷。」

「我當小偷，沒問題。不過，少爺可不能像以前那樣哦，不能用繩子捆人，也不能往我鼻子裏塞馬糞。」

聽了這番對話，我更是吃驚不已。如此這般女孩子一樣可愛的信一，怎麼可能將虎背熊腰的仙吉捆起來，那場景實在難以想像。

於是我和信一當起了警察，在水潭和樹叢間追趕仙

吉。但是仙吉畢竟高我們一兩級，我們怎麼也捉不住他。終於我和信一把他逼進了西洋館後面牆角的一間小屋子裏。我們二人躡手躡腳，屏住呼吸潛入小屋，卻到處看不見仙吉的影子。昏暗的屋內四處瀰漫著米糠醬缸、醬油桶發出的令人作嘔的腐敗氣味，潮蟲在滿是蜘蛛網的房簷屋頂和醬油桶周圍爬來爬去。這種氛圍勾起了年幼的我們新奇、探險的勁頭。突然不知從何處傳來了一陣竊笑聲，緊接著掛在屋樑上的竹籠吱吱作響，仙吉「哇！」地叫了一聲，從竹籠裏探出頭來。

「喂！你給我下來！敢不下來的話，瞧我給你好看！」

信一大聲喊道，然後和我一起用掃帚戳向仙吉的臉。

「來呀！誰靠近，我就尿他身上！」

眼看著仙吉就要從上面尿尿了，信一繞到那竹籠正下方，操起一根竹竿從竹籠的空隙猛戳仙吉的屁股和腳心。

「你，還不下來？！」

「夠了夠了，我這就下來，您饒了我吧。」

仙吉慘叫著投降了，忍著痛從竹籠上下來。信一上前一把揪住他的胸口，「說！你在何處都偷了些什麼？老實交代！」

信一就這麼開始肆意地審訊起來。什麼偷了五匹綢

緞呀，偷了木魚乾呀，騙了銀行的錢呀，仙吉也胡亂招認下來。

「哼！真是狗膽包天。說！還做過什麼壞事，不記得殺過人嗎？」

「有，我在熊谷堤岸殺了個瞎子，搶了五十兩，然後拿著錢去吉原花天酒地了。」

說的都是從戲文或洋片裏學來的，應答得應景、精妙。

信一繼續問道：「除此之外，是否還奪了其他人的性命？好，你就別老實交代，不老實交代，我只能嚴刑拷打了。」

「真的只有這些了，請大人饒了我。」仙吉雙手合十求著信一。信一卻視而不見，迅速解了仙吉身上繫著的髒髒的黃色衣帶，將仙吉反手綁了起來。這還不夠，連雙腳也捆了個結結實實的，然後揪著仙吉的頭髮，提起他的腦袋，翻眼睛、揪耳朵、捏臉，信一纖細稚嫩的手指嫻熟地折騰著仙吉，而仙吉那粗糙黑醜的臉蛋，就像膠泥一樣滑稽地被捏成各種造型。如此這般折騰夠了，信一突然又想出了一個新的法子：「等等，你是罪犯，額頭上得寫字。」說著便找了一塊炭，吐上些吐沫，在仙吉的額頭上狠勁畫了起來。仙吉痛苦不堪，臉都變了形，嗚嗚地哭了起來。

後來，慢慢地連哭的力氣也沒有了，任憑信一胡亂折騰。平日裏多麼強悍威猛的一個男孩，此時在信一手裏完全不見了那氣勢。看著醜態百出的仙吉，我的心裏湧起一種前所未有的快感。由於懼怕第二天在學校裏遭到報復，我並沒有和信一一起欺辱他。過了好久，信一才解開仙吉。仙吉用仇視的眼神斜視著信一，趴在地上，臉朝下衝著地，任憑信一怎麼命令、怎麼訓斥都不動彈。信一抓著仙吉的手腕想要把他拽起來，卻不想一鬆手，仙吉馬上又軟塌塌地倒了下去。於是我們兩人有些心虛害怕了，靜靜地小心窺探著仙吉。

過了一會兒，「喂，怎麼回事？」信一惡狠狠地抓起仙吉的衣領，將他翻了過來。沒想到仙吉正用衣袖擦拭著那張髒兮兮的臉，假裝哭泣著，那樣子實在滑稽可笑。最終我們三個人相視大笑起來。

「我們再玩點別的吧。」信一提議。

仙吉說道：「少爺，可不能再這麼粗暴地對待我了，努，您看，剛才都留下了這麼深的印痕呢。」說著，仙吉給我們看他手腕上被帶子勒出的紅紅印子。

「這次，我來當狼，你們兩個人當行路的旅客，最後你們被狼吃掉，怎麼樣？」

信一自顧自地又提出這麼個建議。我有些不願意，然而仙吉回答說：「好吧。」沒辦法，我只好配合他們。於是我和仙吉假裝成路人，將這間放置雜物的小房子當作一間寺廟，劇情是晚上我們野宿在此，休息時受到信一扮的狼偷襲。剛開始時，信一在屋子外面學著狼的樣子嗷嗷叫，然後，「狼」撞破大門衝了進來，信一像狼那樣在屋子裏四處爬來爬去，一邊還發出像狗又像牛一樣低沉的聲音，追趕著我們兩個妄圖逃走的路人。信一演得實在太投入了，真不知道被他抓住之後會發生什麼事情。我有些害怕了，一邊露出心虛的笑容，一邊拚命地往麻袋上和草蓆後面逃命。

　　「喂，仙吉，你已經被狼咬傷腿，不能走路了，聽見沒有？」

　　說著，「狼」就撲向逃往牆角的其中一個路人，然後在全身上下亂咬起來。仙吉就像一個演員一樣配合著，表演出各種痛苦的表情，眼歪口斜，身體抽搐，演得非常投入，當最後終於被咬住喉管時，便發出絕望的慘叫聲，然後四肢抽搐，雙手抓向空中，咣當一聲倒在了地上。

　　接下來該我了，我一時慌了神，趕忙跳上一個酒桶。「狼」咬住了我的衣襟，死命地把我往下拽，我臉色都變

了，只是拚命地抱著酒桶，這氣勢洶洶的「狼」實在讓我膽怯。終於，我堅持不住仰面倒在地上，信一立馬如一陣疾風般撲過來咬住了我的脖子。

「好，你們兩個人都已經死了，所以不管我幹什麼都不准動，接下來我連骨頭都要吃掉！」

於是我和仙吉就這麼四仰八叉地躺在地上，紋絲不動。突然，我感到奇癢難耐，從衣服的下擺處吹進一陣涼颼颼的冷風。伸向一邊的右手中指指尖微微能夠觸碰到躺在我一旁的仙吉的頭髮。

「這是那個肥嘟嘟的傢伙吧，看起來挺好吃的，乾脆先吃他吧。」

說著，信一露出愉悅的表情，爬向仙吉的身體。

「您千萬別做過分的事情呀。」

仙吉半睜著眼睛，小聲懇求道。

「不會的，你別動！」

信一發出誇張的咀嚼聲，從頭到臉、胸脯、肚子、胳膊、大腿啃了個遍，然後用沾滿泥土的鞋底任意在仙吉的臉上、胸口上踩踏著。再看仙吉，此時已是滿身泥土。

「接下來，該吃屁股上的肉了。」

仙吉被翻過來趴在地上，下半身被剝個精光，兩個洋

蔥一樣的屁股蛋就那麼赤裸裸地露著，被掀起來的衣服蓋著「死屍」的頭部。信一騎在仙吉的背上又開始一頓亂啃，不管信一做什麼，仙吉就這麼一直忍著。也許是太冷了吧，仙吉的屁股蛋上滿是雞皮疙瘩，屁股上的肉就像肉凍一樣微微顫動著。

我也即將遭受這般待遇嗎？想到這個我不由得心裏一揪。不過，轉念又想，也許不至於像仙吉那般悲慘吧。終於，信一騎在了我的身上，先從鼻頭開始下口，我聽到了絲綢摩擦沙沙作響的聲音，聞到了信一衣服上樟腦的香氣，臉頰被絲綢柔軟地撫摩著，胸口和腹部感受著信一身體的溫暖和重量。他溫潤的嘴唇、香滑的舌頭滑過肌膚，我不由得感到一陣酥麻，這種奇妙的感覺完全打消了我恐懼的念頭，像是一種魔力般征服了我，我甚至覺得很愉悅。忽然，信一開始踩踏我的右臉，嘴唇和鼻子同他腳底的泥土摩擦著。可是即便是這樣，我依舊覺得愉悅，不知何時，心和身體已經欣然淪為信一的傀儡了。

過了一會兒，我也被翻個身趴在地上，褲子被扒了下來，腰以下的部位被信一恣意啃咬。兩具光著屁股的「死屍」齊刷刷地倒在地上，信一看著眼前這幅景象，開心地咯咯直笑。就在這時，門口突然出現了那位老媽子的身

影，我和仙吉都嚇了一跳。

「啊呀！少爺原來在這裏啊。看看，看看，衣服都弄成這個樣子了，您怎麼又在這麼髒的地方玩呀？仙吉，都是你的不是，真是的！」

老媽子一邊厲聲斥責著，一邊看著仙吉臉上的鞋印子。我忍著臉上的刺痛，感覺彷彿是自己做了壞事一般，不安地站著。

「洗澡水已經燒好了，今天就玩到這兒吧，要不媽媽該責備您了。荻原家的公子，您改天再來玩啊。今天天色已晚，我送您回家吧。」這老媽子對我倒是蠻客氣的。

「我自己回去，不必送了。」說著我就告辭了。

走到門口，我對這三個人說了聲再見，便走出門去。

不知何時，街上已被夜色籠罩，河堤上燈火闌珊。我感覺像是從另外一個神奇的世界返回了人間，回家的路上我一直在回味夢境般的一切。短短的一天，我的心便被信一那高貴的氣質和肆意踐踏他人的任性勁兒俘虜了。

第二天上學，前一日遭受那般欺辱的仙吉又變成了恃強凌弱的小霸王，而信一也如同往日般畏畏縮縮，和老媽子一起蜷縮在操場的角落裏，顯得那般沒有出息。

「信一，我們玩點什麼吧？」我試探性地問著。

信一立馬說了句不要，還皺起眉頭，一臉厭煩地搖著腦袋。

　　就這樣，四五天過去了。一天放學，我正準備回家，又被信一家的那位老媽子叫住了。

　　「今天我們家小姐過女兒節，您來我家玩吧！」她邀請道。

　　這次，我是從正門大大方方進去的，看門人還畢恭畢敬地向我鞠了躬。隨著正門旁邊一道小格子拉門嘩啦一聲打開，仙吉從門裏跳了出來，帶著我沿著走廊一直走到二層一間十張榻榻米大小的屋子裏。信一和他姐姐光子正趴在放置女兒節人偶的櫃子前吃著炒豆子。他們看見有人進來，突然一陣竊笑，彷彿又籌劃著什麼陰謀。

　　「少爺，有什麼好笑的嗎？」仙吉看著姐弟二人不安地問道。

　　人偶櫃子裏還掛有紗幔，彷彿淺草寺的觀音殿一樣設有正殿，天皇及宮女端坐其中。按照慣例左櫻花右橘樹，樹下還擺放著三位正在熱酒的雜役人偶。櫃子往下一層擺著燭台、美食，還有染黑牙齒用的道具和一些繪金的精美小巧的漆器家具，以及上次信一拿給我看的各式人偶。我站在人偶櫃子前，正沉迷於這些精美的人偶之中，信一突

然來到我的身後，小聲道：「今天我們用白酒把仙吉灌醉吧。」然後立即跑到仙吉面前，一副若無其事的樣子說道：「喂，仙吉，今天我們四個人一起喝酒吧。」

於是我們四人圍坐一起，就著炒豆子喝起了酒。

「真是好酒啊！」仙吉裝著人人的樣子說道。我們被逗得哈哈大笑。仙吉像握著酒杯那樣端著茶碗，咕咚咕咚地狂飲起來。想著仙吉馬上就要醉了，我就忍不住想笑，光子也不時忍不住抱著肚子大笑起來。原本想灌醉仙吉，所以我們三人便陪著也喝了一點。這時我們自己也開始感覺有些不對勁了，下腹傳來一陣燥熱，酒氣不斷往上湧，從額頭到兩側太陽穴滲出細密的汗珠，腦殼木木的，人像坐在船上一樣，感覺地面左右晃動。

「少爺，我醉了，你們的臉也好紅啊！來，站起來走走。」仙吉站了起來，甩著手大搖大擺地走了起來，可是他腳底打飄、踉踉蹌蹌地眼看就要摔倒時，「咚」的一聲頭撞在了柱子上。我們三人頓時笑作了一團，「瞧那傢伙！那傢伙⋯⋯！」仙吉揉著頭皺著眉，也被自己滑稽的樣子逗笑了。

於是，我們開始模仿仙吉的窘態，站起來走兩步一倒，摔倒後哈哈大笑。就這樣，我們肆無忌憚地笑著、鬧著。

「啊！太開心了！我醉了，操！」

仙吉把衣襟下擺從後面撩起掖在腰帶上，從衣服裏面把握成拳頭的手墊在肩膀上，學著地痞無賴的樣子走了起來。我和信一見狀，也跟在後面模仿起來。甚至光子也加入進來，她那樣子像極了戲文中的女賊。

「操！我可是醉了哦！」仙吉搖搖晃晃在屋裏來迴轉著、笑著，後來乾脆笑得直不起腰來。

「唉，少爺，不如我們來玩抓狐妖的遊戲吧？」

仙吉突然想到一個有趣的主意，提出了這個建議。大致情節是這樣的：我和仙吉扮作捉狐妖的農夫前去捉狐妖，不想卻被化身美女的狐妖迷惑，這狐妖由光子來扮。在危急關頭，我們遇到了武士信一，這位武士不僅救了我們二人，還打敗了狐妖。醉醺醺的我們聽後立即表示贊同，開始進入角色。

我和仙吉把紮頭巾在前面打個結，撩起衣擺掖在腰帶裏，手中搖著撣子，嘴裏唸叨著：「這附近最近好像有惡狐出沒，今天我們一定要捉住牠！」便正式出場了。屋子另一邊，扮作狐妖的光子也登場了：「喂，兩位好漢，我準備了好酒好菜招待二位，你們要不要來啊？」一邊說著一邊拍了拍我們二人的肩膀。於是我們立刻被狐妖迷惑，歡喜

得眼睛都瞇成一條縫，說著：「好啊！好啊！真是位絕世美人啊！」便跟著狐妖走了。

「你們已經被我迷惑了，我要讓你們吃糞！」光子開心得忍不住哈哈大笑起來。她轉身將點心放進嘴裏嚼了嚼吐出來，用腳將麵條踩得稀巴爛，然後往豆子裏和上鼻涕，把這些東西亂七八糟堆在盤子上，推到了我和仙吉面前。「這兒還有尿做的酒，來，全部吃掉！」說著還往酒杯裏吐了些唾沫。「好吃好吃！」我和仙吉故意裝成吃得很香的樣子吧唧著嘴，把東西吃得乾乾淨淨。酒和豆子都有一股怪怪的鹹味。

「接下來，我來彈琴，你們兩個頂著盤子跳舞。」

光子拿起撥子假裝彈琴，「咿咿呀呀」地唱了起來，我們便頂著點心盤子，跟著節拍跳了起來。

這時，武士信一出現了，他立即識破了狐妖的真面目，厲聲呵斥：「孽畜！怎麼敢欺負人類！真不知天高地厚，看我不捆起來殺了你！」

「啊！信一，你不能這樣胡來！」不願服輸的光子和信一扭作一團，潑辣的本性暴露無遺，完全不聽信一擺佈。

「仙吉，把你的腰帶給我，我要綁了這狐妖。你們兩個人來按住她的腳。」

此時，我的腦子裏一邊想像著之前在畫冊裏看到的年輕權貴和隨從強搶民女的畫面，一邊和仙吉一起牢牢抱住穿著漂亮和服的光子的雙腳。

「小榮，把她的衣帶解下來，勒住她的嘴。」信一吩咐道。

我迅速轉到光子身後，將她的綢緞衣帶解下，把手伸進露出長長脖頸的領口，用柔軟的綢緞帶子從她浸滿頭油、新梳的漂亮髮髻下方開始，繞過耳朵勒住了她的嘴，緊緊地繞了兩圈。由於捆得太緊，帶子深深地陷進了光子臉蛋上的肉裏。此時的光子就像金閣寺的雪姬 ❶ 一樣，叫天天不應、叫地地不靈。

「哈哈，這次該我們請你吃糞了。」

信一抓起一把點心胡亂嚼了幾下，便噗噗地往光子臉上吐。剛才還如同雪姬般高貴美貌的光子轉眼就變得像麻瘋病人或長了爛瘡的病人一樣恐怖，根本不能看了。這種刺激感迅速地俘虜了我和仙吉。「你這畜生！剛才還讓我們吃了不少髒東西。」說著也開始和信一一起往光子臉上亂吐。即便這樣，我們還嫌不夠，又開始往她的臉上塗

---

❶ 雪姬：歌舞伎《祇園祭禮信仰記》中的橋段，雪姬被強搶捆在櫻花樹上。

豆沙點心什麼的。就這樣，光子整個人立刻面目全非，看起來就像一個黑不溜秋的怪物梳著美人髮髻、穿著華麗的衣服，那樣子像極了鬼怪故事裏出場的妖怪。此時，光子已不再反抗，不管我們做什麼，她都死人一般乖乖地一動不動。

「這次我就饒你一命！下次再敢禍害人，我絕不手軟！」

信一剛剛解開綁在光子身上和臉上的帶子，光子噌地站起來，拉開門就跑了出去。

「少爺！小姐生氣了，去告狀了。」

信一一臉無辜。我和仙吉有些擔心，互相對視著。

「告就告唄，沒什麼，一個女孩子還那麼任性！我們每天都吵架，我每天都欺負她的。」

就在信一耀武揚威之時，刺啦一聲，門被拉開了。是光子洗乾淨回來了。除了髒東西，臉上的脂粉也一併洗了下來，比之前更加清爽動人了，凝脂般的肌膚同信一一樣泛著光芒。她一定會和信一吵起來的吧，我心裏嘀咕著。沒想到光子卻面帶微笑，只是溫柔地輕聲責怪著：「要是被人發現，就糟了。我趕緊去洗了一下。你們玩起來可真是沒有分寸。」

信一得寸進尺起來:「這次我來扮人,你們三個人扮狗,我給你們扔點心什麼的,你們爬過去吃,好不好?」

「好的!來吧。我是小狗,汪汪,汪汪!」仙吉第一個扮起了狗,在屋子裏張牙舞爪爬來爬去。接著我也學了起來。沒想到光子也欣然加入:「汪,我是母狗。」開始在屋子裏四處亂爬。

「來吧,扔啊扔啊!」我們三人開始各顯其能地演了起來。

「來!吃吧!」聲音一落,我們便爭先恐後往點心落下的方向撲去。

「啊,對了,有好東西給你們看,等著。」說著信一就走出門外。不一會兒,他牽來兩隻穿著錦緞衣服的哈巴狗,於是兩隻哈巴狗也加入到搶食的行列。嚼過的點心、吐了口水或抹了鼻屎的饅頭扔到地板上時,我們和哈巴狗爭搶著撲向食物,伸舌頭舔、齜著牙咬,搶奪同一塊食物,或是大家互相撕咬著。

吃飽了的哈巴狗趴在信一的腳下,吐著舌頭舔信一的腳趾和腳掌,我們三人見狀也不甘示弱開始模仿。

「哈,好癢好癢!」信一靠在了欄杆上,將白皙柔軟的腳掌輪流伸到我們幾個面前。

「人的腳有一股酸酸鹹鹹的味道。好看的人連腳趾都那麼漂亮。」我一邊拼命舔著信一的腳掌一邊想。

哈巴狗這會兒仰臥著，露出肚皮，四蹄在空中撒著歡兒地踢騰著，咬著信一的衣襟一個勁兒地扯著。信一覺得有趣，便用腳掌揉揉牠們的臉、揉揉牠們的肚子。我也學著哈巴狗的樣子拽著信一的衣襟，於是信一像對待牠們一樣，用腳揉搓起我的臉頰和額頭。我很享受這種感覺，只是腳後跟踩在眼睛上、腳心堵住嘴巴時略微有些痛苦。

就這樣，我們一直玩到了黃昏。從這天開始，幾乎每天我都去信一家玩耍。我開始迫不及待地期盼著早點放學，腦子裏一天到晚都是信一和光子的影子。

和信一逐漸熟絡後，信一更加任性起來。我已經同仙吉一樣，淪為信一的跟班，只要玩耍必定被打或是被綁。奇怪的是信一的姐姐光子，那麼心高氣傲的一位小姐，自從玩了捉狐妖的遊戲後，也完全屈服了，不僅是對信一唯命是從，對我和仙吉也從不反抗，有時還會主動提出玩捉狐妖的遊戲，一副很享受被我們欺負的樣子。

信一每個周日都要去淺草或人形町的玩具店買些盔甲、刀一類的東西，回來後立馬趁著新鮮勁兒向我們揮舞，為此我、光子、仙吉身上的傷幾乎沒有斷過。追趕的

遊戲玩得沒了興致，我們便沉溺於其他一些暴力的遊戲，玩耍的場所基本就是那間放置雜物的小屋子、洗澡間、後院等地方。有時我和仙吉假裝強盜，勒死光子、搶走她的錢，然後信一為了給姐姐報仇將我們二人斬首；有時信一和我扮成兩位惡人，將大家小姐光子及其隨從仙吉毒殺，並拋屍於河水之中。總之不管玩什麼遊戲，最後被欺負得最慘的肯定是光子。信一甚至還想出往身體上塗紅色顏料的招數，被殺的人往往是滿地打滾、渾身是血。後來，信一居然真的拿出一把小刀說：「用這個稍微割一下試試吧，就輕輕地、淺淺地割一下，不會太疼的。」對於他的這種請求，我們僅僅央求「別太用勁哦」，便齊刷刷、乖乖地躺在他的腳下，眼淚汪汪地任由信一在肩膀上、膝蓋上一刀刀地割著，眼看著殷紅的鮮血從傷口流出來，我們像接受手術般默默地忍受著。為此，每天晚上和母親一起洗澡時，我不得不想盡一切辦法不讓母親發現身上的傷口，這令我頗費了一番心思。

就這樣，我們一起玩鬧了一個多月。這一天，我去信一家玩耍，碰巧信一去看牙醫不在，仙吉一個人百無聊賴地在那兒發呆。

「光子呢？」我問仙吉。

「正在練鋼琴呢。要不我們去小姐的西洋館那邊看看吧。」說著，仙吉將我帶到了那棵大樹下的古井水潭旁。我坐在大樹下，傾聽著從二樓傳來的音樂聲，頓時忘卻了一切，深深陶醉其間。我第一次到這裏來玩，也是在這水潭旁，和信一一起聆聽這神奇的音樂，那樂聲時而像森林深處精靈的笑聲，時而像童話故事裏小矮人歡笑舞蹈的聲音，那樂聲就像千絲萬縷的絲線在我幼小的心裏編織了一個充滿幻想的夢。此情此景和那日的完全一樣。

「仙吉，你也沒上去過嗎？」演奏停歇時，我禁不住好奇地詢問仙吉。

「哦，除了給小姐打掃房間的小寅，幾乎沒人上去過。別說是我了，少爺去沒去過都不一定呢。」

「不知道裏面是什麼樣子啊？」

「聽說都是少爺的父親從洋行買來的一些稀奇玩意。有一次我想讓小寅偷偷帶我去看看，結果被他拒絕了，怎麼求他都不行 …… 啊，練習結束了。小榮，咱們試試叫叫小姐吧。」

我們二人衝著二樓一起大聲喊著：「光子，下來一起玩了。」「小姐，你來不來玩呀？」可是，絲毫不見回應，一種怪怪的感覺，彷彿剛才一直演奏的音樂聲是鋼琴自動彈

奏的一般。

「沒辦法，咱們兩個人玩吧。」

可是，就我和仙吉兩個人根本熱鬧不起來，我們垂頭喪氣，完全沒什麼興致。突然身後傳來一陣笑聲，不知何時光子已經站在了我們身後。

「我們喊你，你怎麼不答應？」我回過頭責問道。

「你們在哪兒喊我了？」

「你在西洋館練琴的時候，沒聽見我們在底下喊你嗎？」

「我沒在西洋館啊，那裏根本就沒有人。」

「剛才不是你在彈琴嗎？」

「沒有啊，也許是其他人吧。」

仙吉一臉狐疑，繼續說道：「小姐，我知道你在騙人。這樣吧，乾脆你偷偷帶我和小榮一起上去看看吧！快交代！你是不是又在逞強騙人了？不然就這樣懲罰你！」

仙吉一臉壞笑，將光子的雙手扭在了一起。

「哎呀，仙吉，你行行好，饒了我吧，我真的沒撒謊。」光子可憐巴巴地懇求著，但是並未大聲呼喊，也沒有掙扎，只是任憑仙吉扭著她的雙手，痛苦地扭動著身體。光子纖細嫩白的肌膚，被鋼爪一樣的手指緊緊箍住，

這兩種膚色形成明顯的對比，不由得讓人心生快感，我也不自覺地加入進來：「光子，不老實交代，我們可要嚴刑拷問了！」上前解下她的腰帶，將她綁在了水潭旁的樹幹上。

我們兩個又是抓又是撓，樂此不疲地拷問著光子：「這樣還不肯說實話嗎？」

「小姐，等少爺回來，你可會更慘的，還是現在趕緊招了吧。」

仙吉一把揪起光子胸前的衣服，然後又雙手緊緊卡住光子的脖子狠狠地說道：「聽著，接下來你會越來越痛苦的！」

仙吉開心地看著直翻白眼的光子，過了好久，才將她解開，讓她仰面躺下。然後衝著我喊道：「喂，來坐人肉板凳哦！」說著，我和仙吉便坐在了光子的身上，我坐在膝蓋上，仙吉則一屁股坐在了光子臉上，兩個人得意洋洋地來回晃著，用屁股壓著光子的身體。

「仙吉，我交代，你饒了我吧！」光子的臉被仙吉的屁股壓著，像蚊子嗡嗡般低聲求饒著。

「這回該老實交代了吧！你剛才是在西洋館吧？」仙吉抬起屁股，不再那麼下狠手了。

「是，我害怕你又讓我帶你上去，所以才撒了謊。因為

要是帶你們上去的話，我會被媽媽罵的。」

聽光子這麼說，仙吉一副被激怒的樣子恐嚇道：「好啊！不帶我們去的話，你還得受苦！」

「好吧，好吧，我帶你們去，饒了我吧。但是白天去會被人發現的，你們還是晚上來吧。晚上我從小寅那裏偷來鑰匙，咱們悄悄上去。小榮，你要是也想去，晚上也一起來吧。」光子終於投降了。不過，我和仙吉依舊把光子按在地上，商量起晚上行動的具體事宜。

這天，剛好是四月五日，我可以騙家裏說去水天宮趕廟會。我們三人約好，等天蒙蒙黑的時候，我從正門溜進，在西洋館門口，等著光子偷了鑰匙和仙吉來會合。如果我遲到了，他們兩個就先一步上樓，去二樓右邊第二間房子等我。

「好，就這麼定了。暫且饒了你，起來吧。」仙吉終於放開了手。

「啊，疼死我了。仙吉，你坐在我身上，我氣都上不來呢。頭底下還有塊石頭，疼死我了。」光子撣著衣服上的灰站起來，揉揉這兒、揉揉那兒，臉和眼睛都通紅通紅的。

「話說回來，二樓究竟有什麼呀？」我準備回家時，還是禁不住問了起來。

「小榮，到時候你可別被嚇一跳哦，有很多有意思的東西哦。」光子笑著跑進院子裏去了。

出了信一家大門，人形町街道上的小攤位已經點上了燈；劍道表演的號角聲撲撲地迴響在黃昏的夜空；有馬大人的宅邸前人頭攢動，賣藥的拿著一個孕婦模樣的人偶高聲叫賣著什麼。今天，我喜愛的七十五座神樂和永井兵助的拔刀表演我都無暇顧及了，只顧著悶頭往家趕。匆忙地洗了澡、吃了飯，跟母親丟下句「我去趕廟會了」，便再次飛奔出來。此時已將近七點。能擠出水般潮濕的、深藍色的夜空也被廟會熱鬧的氛圍渲染了，金清樓二樓宴會廳內攢動的人影清晰可見，米屋町的街道上擠滿了來來往往的各式各樣的年輕人、二丁目的風塵女子。七點，是廟會最熱鬧的時候。我走過中之橋、穿過昏暗僻靜的濱町，回頭望去，那片霧靄圍繞的夜空被廟會的燈火映照得通紅通紅。

不知不覺中，我已經來到信一家門前，站在了入雲般高大肅穆的屋簷下。從大橋那邊吹來陣陣冷風，寒意襲人，也攜來了夜幕，院中大樹的葉子被吹得沙沙作響。我透過院牆，偷窺院中情景，只見門房亮著燈火，一束細長的光從緊閉的房門縫隙間瀉出。正房那邊已經上了門板，黑壓壓一片。陰暗的夜空下，整座房子好似一座沉睡在森

林深處的魔鬼城堡。黑暗中，我雙手用力去推正門旁那個冷冰冰的鐵柵欄門，不想門未上鎖，吱扭一聲開了。於是我躡手躡腳地溜了進去，一片漆黑中，我朝著那座玻璃窗透著燈光的西洋館直奔而去，寂靜中我都能聽見自己急促的呼吸聲和怦怦怦的心跳聲。

離西洋館越來越近了。院裏的樹枝、樹葉、燈籠，樣樣東西在幼小的我看來都變得格外陰森恐怖。萬籟俱寂，我縮著腦袋，屏住呼吸坐在台階上，靜待著仙吉他們來和我會合。可是，遲遲不見二人的影子，陰森的恐懼感慢慢沁入我全身的每一個細胞，我顫抖不已，牙齒也不聽使喚地咯咯作響。真後悔，要是不來這個陰森恐怖的地方該多好啊！無奈之下，我雙手合十，嘴裏開始唸叨：「神啊，我懺悔！我做了壞事，我以後再也不騙媽媽了，再也不偷偷上別人家裏了。」

後悔不已的我決定回家。轉身之際，卻突然發現西洋館正面的玻璃門裏有一抹燭光。

「呀，他們兩人先進去了呀。」我心裏琢磨著。一瞬間，內心再一次被好奇心佔據。這裏的正門和前門一樣也沒有上鎖，我輕輕一撐，門便開了。進去一看，果然二樓樓梯處有燭光，我猜測大概是光子特意為我留的吧。燃燒

過半的燭火微微照亮了幾尺空間，隨我一起進來的冷風吹得燭光來回晃動，樓梯扶手的影子也跟著搖擺起來。我緊張地咽了口唾沫，輕手輕腳地像個竊賊般上了旋轉樓梯。二樓過道逐漸被黑暗籠罩，一片死寂。我來到事先說好的那間屋子門口，黑暗中用手摸索到門，豎起耳朵聽著房內的動靜，依舊一片死寂。恐懼，又忍不住好奇。唉，豁出去了！我上半身靠著房門，一使勁，嘎吱一聲，房門開了。

一束強光刺向我的眼睛，我有些眩暈，揉了揉眼睛，然後像審視怪物般睜大好奇的眼睛打量著房間四周。屋內不見一人，屋頂中間掛著一盞巨大的吊燈，紫紅色燈罩上裝點著五顏六色的玻璃稜鏡，房屋上半部分因這燈罩之故略微有些昏暗，但是屋內雕金飾銀的椅子、桌子、鏡子等擺設卻在燈光的映襯下熠熠生輝。地板上鋪著暗紅色的毯子，非常柔軟，如同踩在春天的草地上一般，雖然隔著襪子，但感覺極好。

「光子！」我試探地喊了一聲，然而四周寂靜一片。這恐怖的寂靜讓我無法再發出其他聲音。突然發現屋子左手邊的角落裏還有一扇通往另一間房屋的門，門上垂著厚厚的緞子帷幔，密密的褶皺，加上厚重的下垂感，給人一種看到尼亞加拉大瀑布般的錯覺。我推開帷幔，想要打探一

下隔壁的屋子，看到的卻只有讓人戰慄不已的黑暗。就在這時，壁爐台上的鐘錶發出一聲蟬鳴般的響聲，緊接著便開始發出叮叮咚咚的音樂聲。我暗想也許鐘聲就是光子出現的信號吧，便一動不動地盯著帷幔，等待著光子出現。然而兩三分鐘過去了，音樂聲戛然而止，屋內重回死寂，緞子帷幔上的褶皺紋絲未動，依舊靜靜地垂在那裏。

我呆立房中，此時左側牆壁上的一幅油畫肖像進入了我的視野，我情不自禁地走到跟前，仔細欣賞起來。這幅畫在燈光照不到的昏暗處，長方形畫布上畫著一位西洋少女的半身肖像，四周鑲著金色邊框。畫面背景泛著厚重的茶色，畫上人物僅以一件煙灰色的衣物遮住胸部，裸露著肩膀、脖子和手腕上戴著金飾和珠寶，披著頭髮，夢幻般的黑色大眼睛水靈靈地凝視前方。雖然燈光昏暗，但是少女雪白的肌膚清晰可見，挺拔的鼻樑，還有嘴唇、下巴、雙頰都異常傳神。如此完美的輪廓，莫非是戲文裏說的天使下凡？我出神地看了一會兒。無意間，畫框下方三尺左右的圓桌上一件蛇形擺件躍入了我的眼簾。不知道那是什麼做的，它像蕨菜一樣盤成兩圈，高昂著腦袋，連身上一片片青色的鱗片都做得栩栩如生，樣子非常逼真。我越看越是覺得不可思議，甚至感覺它在動，「哎呀！」我不由

得驚得大喊了一聲，連退兩三步，眼睛直勾勾地瞪得大大地看著這條蛇。爬行類動物通常總是緩緩地、不為人察覺地行動，如今看來那蛇的腦袋似乎正在前後左右來回晃動著。一瞬間，一股寒氣從腳底直衝頭頂，我臉色發青，驚恐萬狀，僵死一般呆立著。

就在這時，帷幔的褶皺中間探出了一張和油畫上少女一模一樣的臉龐，這張臉衝我壞壞地笑著。光子從帷幔中鑽出來，緞子帷幕從她的肩頭滑落後在她身後再次合為一體。光子身穿及膝的煙灰色裙子，皮膚光滑嫩白如同石膏，裸足穿著一雙粉色拖鞋，瀑布一般的黑髮垂於雙肩，戴著和油畫上一樣的飾品，我似乎能夠看見她的身體在緊緊裹著腰身的衣物下微微顫動。

「小榮！」

在那牡丹花瓣般紅豔的嘴唇張開的一瞬間，我才恍然大悟，原來那幅油畫就是光子的肖像。

「我一直等你來呢。」說著光子便衝到我身旁，一股香氣襲來，讓我的內心騷動，眼前一片紅色的柔光。

「光子，你一個人嗎？」我求救般發出聲音，顫巍巍地問道。

為何今夜穿著洋裝？隔壁漆黑的房間裏是什麼？想問

光子的事情太多了，然而嗓子發緊，什麼話也說不出來了。

「我帶你去見仙吉，跟我來。」

我的手腕被光子緊緊地攥著，但依舊戰慄不已。

「那蛇會動，你知道嗎？」我忍不住問了起來。

「不可能，你看。」光子笑著說道。

果然，她這麼一說，剛才扭動的那條蛇如今靜靜地盤坐在桌子上。

「別看那個了，跟我來這邊。」光子拉起我的手。她的手掌溫暖而柔軟，彷彿有種魔力，讓我不忍放手。就這樣，我被光子拉著，鑽過厚厚的帷幔，走進那個漆黑的房間。

「小榮，我帶你見仙吉吧！」

「嗯，他在哪裏？」

「我現在點蠟燭，點上蠟燭你就知道了，等著 …… 不過，我還是先給你看個好玩的東西吧！」

光子放開我的手，不知道去了哪裏。不一會兒，面前黑暗的角落裏傳來一陣沙沙聲，讓人不寒而慄。接著許多細微的白色光芒映入我眼簾，像流星劃過，像波浪起伏，一會兒又呈現出圓形和十字圖案。

黑暗中只聽：「喂，有意思吧？可以畫出好多圖案呢。」

說著，光子似乎又跑回我身旁。剛才的那些光束漸漸變暗，最後消失不見了。

「那是什麼？」

「外國的火柴，在牆上擦出來的。黑暗之中什麼東西上都能擦出火光來。我在你衣服上擦擦看吧！」

「不要！太危險了！」我驚恐萬分，想要逃跑。

「沒事的，你看。」說著光子便無所顧忌地拽起我的衣服擦了起來，頓時，衣服上如同螢火蟲飛過，光子寫的字清晰地映入我眼簾，那光芒久久也未褪去。

「好，我點上燈，讓你見見仙吉吧。」

「砰」，伴隨著一聲打火的聲響，剛才的那些光芒如同煙花般散去。光子手上的火柴亮了起來，隨後她點燃了屋子裏的燭台。

西洋蠟燭的燭光柔和朦朧地照亮了屋子，各種器物擺件的影子被大大地映在牆壁上，如鬼魅般張牙舞爪。

「看，仙吉在這兒呢。」光子指著蠟燭下面。原以為那是燭台，可定睛一看，竟是被捆著手腳、裸露著上半身、腦門上頂著蠟燭仰著頭坐在那裏的仙吉。仙吉的頭上臉上全是流下來的蠟油，像鳥糞一樣糊在臉上，兩隻眼睛和嘴巴都被糊住了，蠟油沿著下巴滴滴答答掉在膝蓋上，已經

燒得差不多的蠟燭眼看著就要燎到睫毛了，可是仙吉依舊像個修行者一樣，握著拳頭端坐著，乖乖地一動不動。

我和光子站在仙吉面前，仙吉僵硬的臉龐上終於有了一些動靜，掙扎著半睜雙眼，幽怨地看著我，然後異常痛苦地對我說：「喂，你和我對小姐做過很多過分的事情，今晚她要報仇了。我已經被小姐徹底制服了，你也趕緊向小姐求饒吧，要不然會很慘的。」

說著，蠟油如同蚯蚓一般毫無顧忌地從額頭流向睫毛，再次將仙吉的眼睛糊住了。

「小榮，從今往後你別聽信一的話了，當我的奴僕吧。要是不答應的話，我會讓你像那邊的雕像一樣，在你身上放上很多條蛇！」光子不懷好意地笑著對我說，手指指向放滿繪金文字西洋書籍的書架。

我顫顫巍巍地循聲望去，只見陰暗的角落裏有一尊巨大的裸體石膏像，體格強健的男人身上纏著蟒蛇，樣子十分恐怖。雕像旁邊盤放著兩三條剛才那樣的青色大蟒蛇，牠們紋絲未動，但我早已被恐懼感控制，根本判斷不出真假。

「你會聽我的話吧？」

我說不出話來，只是臉色煞白，木訥地點著頭。

「你和仙吉一樣當我的燭台吧，這次你來。」話音剛落，光子便將我反手綁起來，讓我盤腿坐在仙吉旁邊，兩個腳踝也被捆得死死的。

「小心別讓蠟燭掉下來了，仰著頭！」

於是，我的額頭上也被放上了一根蠟燭，我無法發出聲音，只是拚命地一動不動地頂著蠟燭，蠟油一滴滴落下，比眼淚還要滾燙。慢慢地，我的眼睛和嘴巴也被蠟油完全糊住了，透過微微睜開的眼皮，看見燭火靜靜地發著光，眼球周圍一片紅色光暈。光子那濃重的香水味如雨水般撲面而來，只聽她說：「你們兩個人就這麼一直待著，再堅持一下。我讓你們聽個有意思的東西。」

說完，光子便不知道去了哪裏。過了一會兒，一陣樂曲打破寂靜，隔壁房間傳來精妙的鋼琴聲。那大珠小珠落玉盤的美妙樂聲，又彷彿溪水般潺潺流過，不可思議地籠罩著我，把我完全帶入了另外一個世界。

額頭上的蠟燭已經燃去大半，汗珠和著蠟油滴滴答答掉了下來。我微睜雙眼瞟了一下旁邊的仙吉，仙吉的臉上像是糊上了麵粉一樣，白色的蠟油塊厚厚地結了兩三厘米，仙吉整個人就像油炸過的牛蒡一樣直挺挺地坐著。此時此刻我們兩人如同《歡樂的胡琴》裏的人物一樣，緊閉

雙目傾聽著美妙的音樂，腦海中想像著各種明快的畫面。

　　第二天，我和仙吉如同狗一樣聽話地跪倒在光子面前，唯命是從。信一只要出言不遜，我們便立即綁了他或是毆打他，就這樣，傲慢的信一也逐漸聽話起來，最終同樣淪為了光子的奴僕，即使在家裏，信一也同在學校一樣，唯唯諾諾。每當我們三人想出點子，興奮得想要玩點新花樣時，光子一聲令下：「趴下！」我們便立即趴在地上。「變成煙灰缸！」我們就立馬蹲在地上、張開嘴巴。漸漸地，光子得寸進尺，完全視我們如奴隸，命令我們為她剪指甲、掏鼻子，甚至讓我們喝尿。光子就這樣一直對我們呼來喝去，當著這個小圈子的女王。

　　自此以後，我再未踏足西洋館，那條青蛇是真是假，依舊是個謎。

# 異端者的悲哀

一

　　沉浸在午睡中的章三郎清楚地知道自己是身處夢境。
一隻白天鵝，羽毛亮如錦緞，在章三郎的臉上撲閃著翅
膀。那天鵝貼得那麼近，彷彿就在章三郎的鼻端，猶如春
雪的白色羽毛輕柔地滑過章三郎的睫毛。章三郎在夢裏不
止一次意識到「我是在做夢呢」。每當意識漸漸模糊，朦朦
朧朧中即將陷入甜美的夢鄉時，他便有意識地稍稍提一下
神，馬上讓自己清醒過來，回到朦朧的狀態中。這樣，他
遊離在半睡半醒的狀態中，不願醒來也不願睡去，甚至希
望自己能盡量長久地處於這種半夢半醒之中。「現在只要我
想從夢中醒來，絕非難事。」章三郎一邊這麼想著，一邊
沉浸在夢境中的天鵝幻影所帶來的無以言表的興奮和快感
之中。

　　初夏的陽光從窗邊照射進來，輕柔地落在章三郎的
眼簾上。原來是這陽光幻化成了夢中的天鵝，大抵是徐徐
的微風帶來了天鵝撲閃翅膀的效果吧。清清楚楚地知道這
一切都是夢境，卻還能夠讓夢境繼續，章三郎認為只有像
他這樣擁有病態般神經的人才可能體驗這樣罕見又特殊的
經歷，他也異常享受自身的這種特殊才能。他甚至覺得自

己可以隨心所欲地操控意念，可以讓出現在自己夢境中的天鵝幻化成妖豔的女郎。章三郎開始試著集中意念，果真那天鵝的幻影漸漸消失在黑幕中，替代天鵝出現的則是五顏六色的孩子玩耍的肥皂泡泡，其中最大的那個彩色氣泡上隱約映出了一位裸身的美女，那氣泡就如煙霧飄蕩於風中一般搖曳著，那氣泡上的美女也隨之擺出各種妖豔的癡態。他果真做到了。

「太難得了，太難得了，我的大腦確實擁有神奇的功能。我能夠任意編織自己的夢境。或許我還可以讓自己在夢境中與自己的戀人相見呢。如果可以的話，我希望自己永遠沉睡不醒……」

然而，就在章三郎如此幻想的那一瞬間，他的眼睛「啪」的一下睜開了。恰如孩子吹肥皂泡泡嬉戲時不小心使過勁吹破了氣泡一般，章三郎鉚過了勁，造成無法彌補的遺憾，美夢中的幻影一下子全部消失了。章三郎趕緊閉上眼睛，試圖喚回夢境，可是那天鵝也好、美女也罷，卻再也不出現了。

章三郎無精打采地起身坐在窗邊，抬頭仰望著成就自己夢境的雲彩。初夏晴朗的天空充盈著活力無限的南風，風中那朵朵飄浮的雲團急匆匆地向北方奔去。

「無論是夢境還是這初夏的天空都是如此美麗，可為什麼我所生活的這個世界卻骯髒不堪呢？」章三郎越是這樣想，就越是懷念那個夢中的世界，心中越發悶悶不樂。

　　章三郎的家在日本橋八丁堀背街小胡同裏的一個大雜院內，除了二樓房間的西邊窗口可以看到一片天空外，這個家的角角落落完全無美感可言。無論是僅有四個半榻榻米大的房屋，還是壁櫥、隔扇、牢房般的牆壁，家裏的一切都好像貪吃的調皮孩子的那張被弄髒的大花臉一樣污漬斑斑。這個家一年四季都充斥著濕氣所致的惡臭，彷彿要把住在這裏的人也從皮膚到骨髓都腐蝕掉一般。若不是有樓上房間可以看到天空的那扇窗戶，章三郎恐怕要瘋掉了。總之，章三郎認為這樣的地方不應該是以萬物靈長自詡的人類可以居住的地方。

　　可是，即便自己生活的世界如此骯髒，章三郎也從未奢望過可以脫離這樣的世界，可以像神話故事裏的孩子那樣升入天堂或者是去夢幻的極樂世界。正如植物生長於土壤，必須在土壤中扎根才能享受生的樂趣一樣，章三郎執著於自己生活的這個現實世界，希望從這裏找到生的樂趣，並且認為這樣的希望很有可能實現。章三郎相信，雖然自己的家是陋巷破屋，被醜惡、陰鬱、厄運所包圍，但

是人世間並非所有的地方都是如此骯髒、陰暗和冷漠。他深信若是能夠得到想要的財富和健康，擁有王侯般的身份和奢侈生活，那麼這個現實世界要遠勝於天國和夢幻的極樂世界。對於如今的自己而言，要擁有王侯般的身份地位實屬妄想，但是比起轉世升入天國或是華胥吏的理想國這樣的想法要實際得多。正因日日如此空想，章三郎從未對現實世界及現在的生活失望過。章三郎覺得即便無法達到王侯般的地位，也希望自己可以一點一點地脫離現在的窘境，希望能躍入上層社會，能接近一步算一步。但是，今章三郎氣惱的是，連一步的距離自己都無法完成。

同樣為人，為何我就出生在社會的最底層，過著寒酸的貧民生活？為何上天竟是如此不眷顧我！章三郎越想越生氣。若是自己頭腦愚笨、不解風情，那麼生於陋巷死於陋巷也便罷了，可自己明明就是受過高等教育、有學歷傍身的有為青年，絕對不能將自己與生活在貧困世界的泛泛之輩相提並論。章三郎認定自己是偉大的天才，有著非凡的能力。只不過自己的天分和才能現在只凸顯在藝術方面，暫時沒能成為成功致富的工具，以至於如今無法擺脫貧困的窘境。

「哼，真是把我當成傻子了。」章三郎不由自主地脫口而出。

最近這段時間，章三郎經常瘋瘋癲癲地自言自語。若是這些自言自語的內容出自於平日大腦所想倒也罷了，可偏偏這些癡癲之語完全無據可循，總是突然出現在大腦裏，無意中就脫口而出了。但值得慶幸的是，章三郎發出瘋癲癡語大抵都是在無人之處，少有被周圍人聽到的情況。章三郎這些令自己羞愧難當的自言自語，基本上有固定的種類，大多都是些類似狂人囈語的離奇話語。其中最常掛在嘴邊的，有這樣三句：「討伐楠木正成，平定源義經」；「小濱，小濱，小濱」；「殺了村井，宰了原田」。也不知道為什麼，說這三句話的頻率甚高，幾乎是每日都要說上那麼其中一句。雖然都是簡短的句子，但只有說出其中的某一句，章三郎才能從恍惚中回過神來。就比如說他一旦開始說癡人囈語，便只有說到「平定源義經」才會意識到自己在自言自語，才能戛然而止。第二句說得最多的是「小濱」，而且往往要連著重複三遍才算完整。第三句也是一樣，一說出「宰了原田」之後，章三郎就會恢復意識，自己被自己的癡癲嚇得渾身戰慄。章三郎每次自言自語時，總是保持中音的語調，語速也異常之快，就像普通

人說夢話那樣。

　　所有這些自言自語中出現的名字，唯一和自己有過交集的，便是「小濱」了。小濱是他初戀女友的名字。薄情的章三郎，自從兩三年前和小濱分手以來，從未考慮過小濱在哪裏、過得怎麼樣。自言自語時頻繁叫出小濱的名字實屬無意，但比起另外兩句中出現的名字，這還算是有些因緣糾葛。雖然自己認為早已忘掉了初戀，但那個女人卻深藏於自己的潛意識當中，失神之時便會脫口而出。最令章三郎不解的是，為什麼會說出「村井」和「原田」這兩個名字呢？這兩人都是章三郎的中學同學，可是自己和這兩個人並沒有深入的交往，甚至沒有在一起玩耍過的經歷。當時這兩人都是校內的美少年，章三郎有段時間也曾被這兩人的帥氣臉孔所吸引，兩人的幻影夜夜出現在夢境之中，章三郎沒少為之苦惱。大概有很長一段時間，半年還是一年來著，章三郎每日都因為頭腦中關於這兩人的各種妄想而苦惱。然而，他與這兩人直到最後都在淡淡地交往，美少年沒有要和章三郎親近的意願，章三郎也沒有勇氣向美少年靠近。中學畢業之後，章三郎曾聽聞村井回到故里從事農業，而原田則進了九州的一所高等學校。自此以後，章三郎再也沒有和兩人見過面，更沒有什麼書信往

來。隨著歲月的流逝，章三郎腦海中關於兩人的記憶也漸漸消失，甚至連兩人存在過的事實都快要抹去了。可是最近，關於那兩人的記憶，就如流星劃過天空般閃現於腦海。每當關於兩人的記憶在腦海中出現而又剎那間消失時，章三郎就會說出那句「殺了村井，宰了原田」的話。按說叫出兩人的名字也不是不能理解，可為什麼要說殺了他們呢？自己和這兩人之間並無恩怨情仇，也沒有一丁點要取兩人性命的念頭。退一步說，即便是對這兩人懷恨在心，可自己壓根也幹不出殺人的勾當啊！難道這是日後的徵兆，自己與他們之間擺脫不了要生事端的宿命？無論怎麼想，都覺得這樣的事情只是無稽之談。

雖然自知是無稽之談，但對於「殺了村井，宰了原田」這句話，章三郎最感到難以忍受。若是自己在人前不小心將這句話脫口而出，那聽到這話的人該會多麼震驚啊！自己也會感到異常地不自在吧。如果是在人多的地方，或是此話恰巧傳入了巡查的耳朵，那自己豈不是要被警察捉去，要麼被判罪要麼被當成瘋子嗎？「不，我絕對不是瘋子」，如果真到了那個時候，估計不管怎麼辯解，大家都不會相信自己，十有八九會被送進精神病院，強迫接受醫生的診治，再被扣上神經病的帽子吧。

除了上面兩句以外,「討伐楠木正成,平定源義經」,
這句話就更不可思議了。為什麼會喊出這兩個名字,自己
更是摸不著頭腦。章三郎小時候非常喜歡歷史故事,對於
《太平記》、《平家物語》更是爛熟於心。就像很多孩子一
樣,章三郎小時候也曾經崇拜過正成和義經。但是很快章
三郎就愛上了西方文學,對於日本歷史的興趣也就蕩然無
存了。源義經、楠木正成那樣的歷史大英雄,對於章三郎
如今的生活沒有一絲一毫的影響。而且說到要「討伐、平
定」,更是無法成立。每當章三郎從「討伐楠木正成,平定
源義經」的自言自語中回過神來時,他都是漲紅了臉羞愧
難當,甚至想找個地洞鑽進去。「我為什麼會有如此滑稽的
癖好呢,難道是因為神經衰弱?」對於瘋瘋癲癲自言自語
的行為,章三郎自己也認為很不正常,他不得不承認自己
多多少少有些狂人的氣質。幸運的是,章三郎的這種瘋癲
行為,每次發作時間都不長,迄今為止還沒有被他人察覺。

　　章三郎意識到剛剛自己又自言自語了,便幽幽地嘆了
口氣,慢慢吞吞地從二樓狹窄的樓梯上走了下去。一樓靠
近玄關的地方,有一間六張榻榻米大的起居室,患有肺病
的妹妹阿富正靜靜地躺在裏面,臉色蒼白,毫無生氣。

　　章三郎從一樓經過時,妹妹阿富深陷的眼睛裏閃過一

道凌厲的光，直勾勾地盯著自己。「妹妹已經病入膏肓了，剩下的日子也不超過一兩個月了」，或許因為知道妹妹的病情，所以這些日子每當章三郎去廁所經過一樓妹妹的房間時，都會覺得異常不自在，對於妹妹那凌厲的眼神也感到有些毛骨悚然。章三郎總是盡量避免四目相對，加快腳步穿過走廊到達廁所。

前段時間學醫的朋友告訴章三郎「神經衰弱的時候，得當心便秘」，章三郎聽取朋友的建議，每天喝很多熱水，希望盡可能保持新陳代謝。這段時間以來，章三郎每日至少要上兩到三回廁所，每次要在廁所待十五分鐘左右。然而，很多時候，章三郎都會忘記自己跑來廁所的目的，只是就那樣蹲著，陷入無盡的妄想之中。

今日亦是如此。章三郎蹲在廁所裏，腦子裏開始浮現出之前妄想的片段，想著想著突然就憶起了中國的白居易。「咦，不對呀，我昨天好像在廁所裏也想了很多關於白居易的事呢。」「嗯，是的。何止昨天，前天上廁所的時候也想的是白居易呢。為什麼我一進廁所就會想起白居易呢？這個廁所和白居易有什麼關聯嗎？」章三郎在腦海中苦苦搜尋著記憶的殘片，終於發現了廁所和白居易的關聯。也就是在兩三天之前，廁所地上掉了一張報紙的碎

片，那報紙上關於箱根溫泉的報道就自然而然地映入了章三郎的眼簾。看著關於溫泉的相關報道，章三郎的腦海中開始浮現出箱根溫泉旅館浴室的光景，當身體浸泡在清澈而溫潤的溫泉水中時，章三郎聯想起了描寫入浴快感的唐詩《長恨歌》中的一句：「溫泉水滑洗凝脂。」從《長恨歌》再聯想到白居易也便自然而然了。好像是從前天早上開始，這張報紙就被扔在這裏，所以每當自己進了廁所，就會自然而然地將目光落在報紙上，而一看報紙就會產生有關溫泉的聯想，最終會將思緒由溫泉轉移到白居易上。從以上事實來判定的話，前天、昨天、今天章三郎的大腦運動都停滯在了同一個地方。章三郎內心受到一定的刺激，就會產生相關的妄想，並且會將意識停留在同樣的地方。他的這種狀態，似乎有悖於柏格森❶所提出的「不斷的意識流」這一說法。「誰知道呢？或許純粹持續這樣的說法並非真理。」於是接下來的幾分鐘，章三郎的聯想又轉移到了心理學的問題上，他想起了柏格森的「時間與自由意識」，大致的條理框架雖然還記得，但具體的細節論述卻已忘得

---

❶ 柏格森：全稱亨利・柏格森（Henri Bergson, 1859–1941），法國哲學家，曾獲諾貝爾文學獎。

一乾二淨。即便如此，章三郎也對自己時常能夠在大腦中考慮如此境界高尚的問題而感到自豪。不管怎麼說，在這陋巷破屋之中，在八丁堀幾百號的住戶當中，能夠知曉柏格森哲學理論的人，恐怕也只有自己了。若是人的思想能夠跟人的行為一樣外在顯現，那麼人們肯定會因自己頭腦當中的學問而驚嘆不已吧。章三郎甚至想要開始對人們炫耀：「我現在正考慮著如此偉大、如此複雜的事情。」

「媽媽，哥哥還賴在廁所裏呢！」當妹妹的喊叫聲從房間傳出來時，章三郎才意識到自己還蹲在廁所。他拖著麻痺的雙腳，來到廊簷的盥洗盆邊洗手。而妹妹依然沒有停止嘟囔，「上廁所的時間可真長啊，照這個樣子，哥哥每天去兩三次廁所，一天就該過去了。真是沒有一點江戶男兒的氣概，就不能快一點嗎？！媽媽，媽媽……」在這個昏暗寂寞的家中，整日臥病在床的妹妹，只能通過與母親對話來打發無聊。妹妹清楚自己的死期將至，每當陷入極度悲傷和恐懼之中時，妹妹便以嬌嗔的口吻不停地喊著「媽媽，媽媽……」但有時妹妹的聲音傳不到正在廚房忙碌的母親耳中，她便會更加急促地放大聲量高喊「媽媽，媽媽……」

「哎，哎……」一聽到母親隔著屏風的應答，妹妹便

惡言相對：「媽媽，你聾了嗎？不管你手頭有多忙，總該能聽到我的聲音吧？我剛才就一直在叫你呢。」妹妹本是十五六歲的伶俐姑娘，但自從得病以來就變得極度敏感，嘴巴也不饒人。母親可憐其生病，也總是忍讓著妹妹的任性。

對於章三郎而言，瀕臨死亡的妹妹如此囂張狂妄，著實令人覺得面目可憎。妹妹以死為武器，對於父母兄長這種大不敬的態度，讓章三郎心中泛起的同情瞬間變為反感。

「混賬！小屁孩，別多事！安安靜靜待著的話，或許還會對你多幾分同情。病人就該有個病人的樣子，好生在被窩裏待著。我最討厭快死的人還如此囂張跋扈！」章三郎時常在心中咒罵著。他甚至想在這臭丫頭死之前，好好地教訓她一頓，否則就難消心頭這口惡氣。聽到妹妹斥責自己上廁所，章三郎總是會怒火直冒，惡狠狠地瞪妹妹。然而這丫頭從不生怯，就如西洋魔女般用更為冷靜的目光反擊，這樣一來反倒是章三郎自己有些害怕。章三郎總是覺得，如果現在和妹妹吵架，那麼這丫頭即便死了，每晚也會用同樣冷漠的目光在這個房間裏盯著自己。對於別人或許無用，但對於膽小且神經衰弱的章三郎而言，這種事情絕對有可能發生。明明就是個姑娘家，卻對自己的母親和

兄長出言不遜，那絕對是道德敗壞。雖然妹妹是將死之人了，但她做了錯事也該受到斥責。然而奇怪的是，妹妹有種難以戰勝的強勢，反而會使斥責了妹妹的人受到良心的譴責。如此一想，章三郎雖然是有些不甘，但也只能就此作罷了。

或許是因為哥哥和母親都不願意搭理自己，妹妹也自知無趣不再出聲，她安靜地躺在床鋪上，只是目光依舊凌厲，直勾勾地落在哥哥的後背上。章三郎為了躲避妹妹的目光，縮頭縮腦地走向樓梯口。剛上了沒幾層，卻又返了回來，徑直走向妹妹房間裏的壁櫥。

「哥哥，你打開壁櫥幹什麼？」妹妹毫不客氣地質問章三郎。

「前段時間媽媽從日本橋親戚家借來的留聲機，就在這裏頭吧？還是已經還回去了？」章三郎將腦袋伸進略帶霉味的壁櫥裏，盡量壓低語調輕聲細語地向妹妹發話。

「倒是還沒還回去。不過，你想幹嗎？你就是翻遍了壁櫥也找不到的。」

「哥哥想把留聲機拿到二樓去聽聽，快告訴我到底放在哪兒了？」

章三郎縮回腦袋，環視房間。壁櫥對面的衣櫃上，放

著一個用包袱布裹起來的方形物體，看著很像留聲機。

「哥哥，不許你隨便擺弄留聲機，那可是阿葉借給我的。要是你胡亂擺弄，傷了唱片，阿葉肯定會生氣的。」

「不會的，我就是拿上去聽聽，不會弄壞的。沒事沒事。」

「媽媽，媽媽，哥哥要把留聲機拿到二樓去。」就在章三郎從衣櫃上取下留聲機時，妹妹扯著嗓子開始喊叫了。

「章三郎，阿富都說了讓你別亂動了，你就不能按她說的做嗎？！」正在外面洗衣服的媽媽，帶著兩手的肥皂沫急忙跑進屋來制止章三郎。

「……阿葉可是把留聲機當寶貝對待，之前都不想借給我們。就是看在阿富的面子上，我才勉勉強強借了回來。你個毛手毛腳的傢伙，連留聲機要怎麼開都不知道，不小心弄壞了怎麼辦？咱家除了你妹妹，我和你爸都沒有動過那留聲機。」

阿葉是章三郎叔叔家的女兒。與家境落魄的章三郎家不同，叔叔家從十年前就開始日漸富足，如今又在日本橋的主街道上開了一間體面的雜貨舖。無論是四五年前章三郎上文科大學的學費，還是從去年春天就開始生病的妹妹阿富的醫藥費，都是靠叔叔解囊相助。叔叔的女兒阿葉的

留聲機，也是半年前在妹妹的央求下才勉強從那邊借來的。

「阿葉呀，能不能拜託你把留聲機借給我們四五天啊？阿富生病在家，每天都寂寞得不行，她特意讓我來拜託你的。」

阿葉自知無法推託不借，於是就將自己最中意的那幾張唱片藏了起來，不情不願地拿出了自己的留聲機，還特意仔仔細細教會阿富留聲機的使用方法。

「人家當成寶貝的東西，幹嗎要借來！要是給弄壞了，那該如何是好？明天早早給人家還回去。」父親傍晚下班回家時，看到留聲機就將母親訓斥了一頓。

「是你女兒阿富非要借來聽的。再說了，你不也經常借東西回來嘛。」母親一點都不示弱。

「廢話！我借回來的那些，都是他們非要借給我，我才勉強收下的。我們也受了人家不少恩惠，為何要強人所難，借來人家不願借的東西？」

「受了恩惠？你以為是我想要嗎？不讓我們受別人恩惠，那你也得做出個樣子來啊！若是你能夠好好照顧這個家，我也不會做這些讓你覺得臉上無光的事……」母親又開始了自己的老一套，一邊絮叨一邊落淚。與其說母親是因為父親的不成器落淚，還不如說母親是在為自己落得如

此境地而傷懷。幾乎每天晚上父母都會有類似的吵架，而最終都是以母親的傷心落淚而收場。即便是易怒的父親氣得太陽穴青筋暴起大聲謾罵，也抵不過母親的固定套路。只要母親開始流淚，數落父親的不濟，父親就立刻變成霜打的茄子，畏縮不語。

「我們娘幾個住在這樣的破屋子裏，到底都是誰的錯？」只要母親說出這一句，父親便完全沒有還嘴的餘力。父親、母親、章三郎還有妹妹阿富，他們都不是一生下來就如此貧賤的。父親是間室家的養子，當年從父母那裏也繼承了不少財產，而母親出嫁前也是富足人家的姑娘，過著衣食無憂的日子。母親深信，這一切都怪父親沒本事，是父親將二十年前的幸福日子一步步毀掉，以致家人如此落魄受窮。父親不是投機取巧揮霍無度的浪子，他也曾認認真真繼承養父母的家業。但是父親的思想總是跟不上時代，屢屢落敗之後，父親也就養成了偷懶逃避的習慣。一家落魄的原因歸根結底都是因為父親的無能和沒頭腦。但父親本人似乎全然沒有意識到這一點。食古不化的父親認定，人命天注定。但是每當母親說破事實，斥責父親的時候，父親也是心懷愧疚，垂頭喪氣。父母吵架的勝利者，大都是母親。母親越是勝得徹底，父親就會越發變得萎靡

不振。但母親並不能從夫妻吵架的勝利中享受快感。吵贏架，也只能鬱鬱不樂，轉而低聲抽泣。

在留聲機這件事情上，父母依舊延續了以往吵架的模式，父親臉上無光，以失敗告終。母親則是抽抽搭搭地，可憐又可憎。

「沒關係的，爸爸。我之前在阿葉那裏玩過好幾次留聲機呢，從來沒有給她弄壞過。以後我一個人來擺弄，不讓其他人碰就是了。」躺在床上的妹妹，開口勸導吵架的父母。剛借來留聲機那會兒，妹妹的病情還沒有現在這般嚴重，從床上坐起放個留聲機是絕對沒有問題的。有時候妹妹會拜託媽媽上上發條，但基本上都是她自己操作，將唱片放到留聲機上，然後放好唱針。

「剛剛的那首曲子是義大夫小調吧，在留聲機上聽這樣的曲子，感覺很不錯呢。阿富，給咱們再放一遍剛才的曲子吧。」四五天過後，父親似乎已全然忘記了吵架的事情，晚飯時一邊喝著小酒一邊欣賞著小調，十分愜意。母親似乎喜歡長唄，總是從裝唱片的盒子裏找出伊十郎和音藏，讓阿富放給自己聽。留聲機成了父母的樂趣，他們全然忘記當初借留聲機是為了生病的阿富，大多時候阿富都只是替父母播放留聲機的工具罷了。父母從一開始就害怕

把留聲機弄壞，也從不想著學些留聲機的播放方法。瘦骨嶙峋的妹妹拖著生病的軀體，從被窩裏爬出來幫父母播放留聲機，而父母只是在一旁低頭傾聽。這是多麼不協調的一幅場景啊！在父母的眼裏，阿富播放留聲機的樣子恰如使用法術的魔女一樣神奇，他們為阿富的法術而傾倒。於是在章三郎家，一個小小的留聲機就變成了擁有靈魂的神秘玩意。

阿富的病情持續加重，已經到了無法自由活動身體的程度，她再也無法充當播放留聲機的技師了。無奈地，母親只好將留聲機用包袱布裹起來放在了衣櫃上。一向毛手毛腳的章三郎突然將留聲機拿出來這件事，著實震驚了母親和妹妹。

「放回去！章三郎，快放回去！沒有人會在大白天放留聲機的，再說你也不會播放呀。」

「就一個小小留聲機，誰說我不會放了？沒事的。我拿到二樓去了。」

為了一個留聲機就如此瞎嚷嚷，章三郎對於母親和妹妹的這種做法反感極了。真是愚蠢至極！留聲機已經不是什麼新鮮玩意了，還一驚一乍的。若是那麼擔心弄壞，當初就不應該借過來。再者，阿葉那傢伙也真是小氣，說什

麼注意不要劃傷了唱片、不要用力上發條，說得就像自己的留聲機是這世界上唯一的珍寶一樣。東西只要用，留點小劃痕什麼的再正常不過了，那麼懼怕弄壞的話，當初就不該買這玩意。如此一想，章三郎更是來了氣。想著今日我就非得好好用這留聲機不可。

「媽媽，媽媽，快制止哥哥！他在這裏就打開包袱布，會把灰塵弄進留聲機的。」

「算了，算了，讓他拿去吧。等你爸爸回來了，讓你爸爸收拾他。整日窩在家裏大門不出二門不邁，就知道貪玩。哪裏有像他這樣的大學生！」母親和妹妹一起向章三郎投去了鄙視的目光，章三郎卻滿不在乎地抱著留聲機上了二樓。

章三郎把留聲機放在了靠窗的桌子上。其實完全被母親說中了，章三郎壓根就不會播放留聲機。章三郎一直認為播放留聲機是件輕而易舉的事情，但沒想到實際操作起來，竟然如此麻煩，弄了半天都沒見發出個聲響。正當章三郎面對機器束手無策時，樓下又傳來了母親和妹妹那令人心煩的聲音。

「章三郎，你別擺弄了。快拿下來讓我們看看。自己逞能說會用，怎麼半天也沒見放出個聲響？你小心別把留聲

機弄壞了。快快拿下來，讓阿富教教你。快拿下來！」

章三郎聽了母親的話，一使性子胡亂將機器轉了幾下，可不知道為什麼，針頭還是不能卡到唱片上。章三郎滿頭大汗，重重地嘆了口氣，惡狠狠地瞪著留聲機，不覺間眼睛裏充滿了淚水。

「笨蛋！怎麼能為了這點小事就哭呢。」他在心裏訓斥著自己。因為母親和妹妹的輕視就掉眼淚，這也太沒出息了。自己一定要冷靜，不能輸給她們。

「爸爸媽媽每次說話的時候，哥哥都聽不進去。要是再沒有個厲害些的人給哥哥點兒教訓，他恐怕是不會把別人的話當回事的。」樓下又傳來了妹妹狂妄自大的聲音。章三郎聽了妹妹的話，心頭的那點哀傷轉而被不快和憤怒所取代。

「整日就知道撒嬌的傢伙，胡說八道什麼呢。我根本就不需要你教我。若是被你教了，這留聲機恐怕是會壞得更快了。」章三郎一邊還嘴，一邊粗暴地擺弄著留聲機。這次倒是奇怪了，留聲機的針頭開始搭在唱片上了，「清元北洲，新橋藝伎」的小調傳了出來。章三郎挽著胳膊側耳傾聽。當留聲機裏傳出高昂的歌聲時，樓下的母親和妹妹變得鴉雀無聲了。

「瞧瞧，留聲機這種東西誰不會用，你們這些小題大做的傢伙。」章三郎會心一笑，頓時變得心情舒暢。伴著歌聲，章三郎開始搖頭晃腦手舞足蹈，一副得意相。但好景不長，「柳櫻之街，花、開、花、謝……」留聲機裏的歌聲似乎出現了異樣，唱片沒轉幾圈就停了下來。難道是發條上得太緊了？對於故障的原因，章三郎完全摸不著頭腦。章三郎試著重新擺弄了幾下發條，然而留聲機裏傳出的聲音就如老牛哼哼，唱片勉強轉了幾下，但很快又停了下來。

「章三郎，你是不是把留聲機弄壞了？怎麼會發出這麼奇怪的聲音？章三郎！」不知何時父親回來了，衝著二樓大聲喊了起來。

「你壓根就不知道怎麼播放留聲機，還在那裏瞎擺弄。你是不是把留聲機弄壞了？怎麼盡發出奇怪的聲音？章三郎，你快把留聲機搬下來，讓你妹妹幫你看看。章三郎，你聽到沒有！」父親越說越擔心，他趴在一樓的樓梯口，提高了嗓門衝著章三郎喊叫。

「不用你們管。完全是因為太久了，留聲機才會這樣的。」章三郎在樓上不甘示弱，一副破罐子破摔的樣子，用力搖晃了幾下留聲機。章三郎知道，若是樓下的父親聽

見自己如此野蠻地對待留聲機，一定會更加怒氣沖天。

「喂，喂，咣當咣當的，你在幹什麼呢？你是一點都不在乎這是從別人家借來的東西嗎？快給我住手！」

章三郎開始有點失了底氣，為了掩飾自己的慌張，他在二樓整出了更大的動靜。「留聲機借來的時候就壞著呢，不是這裏就是那裏地老出毛病，不管咋擺弄都不出聲響的。」

「這留聲機到底是被我折騰壞了，不管我怎麼辯解，這都已經成為無法改變的事實。大抵也能預想到，日後母親肯定會鄭重其事地拿著壞掉的留聲機去日本橋叔叔家低頭賠罪，說些『阿葉，真是對不住你！你那麼珍惜的東西，被我們家章三郎給弄壞了……』之類的話。要是母親去賠罪了，阿葉會怎麼說呢？阿葉會怎麼想我呢？」一想到這些，章三郎開始變得情緒不安。這種不安並非因為自己總是嘲笑他人的吝嗇，而是因為他看透了自己偷用別人東西的這種劣根性。

「誰說借來的時候就是壞的。」父親依舊站在樓梯口，大聲怒斥。

「肯定是你亂鼓搗，才把留聲機弄壞的。前段時間明明都還好好的呢。真是讓人不省心啊！這可怎麼向你叔叔家

交代啊。」父親的氣勢越來越弱，聲音裏開始充滿了無奈。可是不一會兒，父親好像是得到了妹妹的什麼指示，又開口說：「你是不是把發條沒有上緊啊，有時候發條沒上緊也會發出奇怪的聲音。你再試試把發條適當地上緊一些。」

「我都說了，發條上得緊著呢。」

章三郎一邊喊叫，一邊抱著破罐子破摔的心理，用力扭動了幾下發條。這下子倒好了，唱片開始正常轉動，悅耳的歌聲又再次在房間響起。

「看吧，不是留聲機壞了，就是發條沒上緊的問題。」父親貌似安下心來。

「我就說嘛，早早聽我的，就不會有這些亂子了。自己淨在那兒瞎逞能。」聽到妹妹得意的、漸漸囂張起來的說話聲，章三郎懊惱不已，他覺得與其讓那麼愚鈍的傢伙開心，還不如當初把留聲機弄壞算了。

留聲機好不容易正常運轉了，播放出的樂曲越來越清晰，越來越流暢。但章三郎的心裏卻堵得慌，聽曲的興致早已蕩然無存。上發條那一場鬧騰，讓他總覺得心裏不是滋味。從清元到常磐津，再到義大夫、長唄，不管放哪一張唱片都不能再令章三郎萌發興致。雖然耳畔那令人銷魂的樂曲不時引領著章三郎即將進入忘我之境，但往往就在

這種時候 ——

「章三郎，你那是個什麼樣子！為了一個留聲機跟自己的父母妹妹鬧得面紅耳赤，有意思嗎？難道除此之外，這世上就沒有你該追求的了嗎？」章三郎聽到了自己內心深處發出的聲音，讓他意識到自己有多麼卑劣、多麼可憎。

但是，面對家人的冷嘲熱諷，即便是全然丟了聽留聲機的興致，他也要多堅持一會兒。但越是這樣做，他就越覺得自己無趣，心裏剩下的就只有不快了。章三郎將手頭的唱片幾乎統統放了一遍，最後一個是叫做「神威強大」的落語段子。

「……阿金，快進來。你說什麼？沒聽過葉平的段子呀。那倒也是，神威強大也不聽，龍田川也……」留聲機裏傳來熟悉的段子，內容頗為滑稽，不覺間章三郎竟哈哈大笑起來。章三郎笑著笑著，又突然哭喪著臉，感覺自己被自己背叛了似的，他懊惱地立即把留聲機關了。對自己失望之餘，章三郎在房間裏躺成大字，嘴裏唸叨著：「這段子說得真好啊。」然而，就從這一瞬間開始，之前的那種自言自語又不覺脫口而出。

# 二

　　留聲機被胡亂地放在一邊。直到傍晚來臨，章三郎都沉浸在似睡非睡的狀態之中。「章三郎，快起來，快起來。」章三郎被叫聲吵醒，睜開眼睛發現，父親就站在自己的枕邊，一邊怒吼一邊用腳尖踢著自己的屁股。「哪有當父親的人，叫自己兒子起床時用腳踢的！真是沒教養！」章三郎怒上心頭。細想一下，自己的父親變得如此野蠻、沒教養也都怪自己。其實父親之前也並不是那種對子女動粗的野蠻人。即便是現在，父親對待母親跟妹妹，以及不相干的外人時，都是一副卑賤得不行的老好人的樣子。但獨獨對自己的兒子章三郎，父親卻是野蠻至極，沒有一點耐性。深究起來，父親變得如此冷酷野蠻，章三郎是脫不了干係的。章三郎時常踐踏父親作為長輩的權威，從來沒有順順當當地遵從過父親，讓父親覺得自己的兒子就是個「混賬東西」。章三郎心裏清楚，在責罵父親沒教養之前，若讀過書、受過教育的自己能夠先端正態度，父子之間的感情肯定會變得融洽。章三郎時常想，若是自己能夠忍住脾氣，對父親態度和善點，自己也會少受些良心的譴責。這些道理，章三郎再清楚不過了。可是一看到父親的那張臉，或

者被父親稍稍斥責了一兩句，章三郎立馬就會變得叛逆，不想聽從父母的任何指示。雖然內心輕視父親，但也不可能直接謾罵父親或是和父親動手。若真是能夠做出那樣的事情來，自己也不會因為父親而變得如此不痛快。若是能夠像對待外人一樣對待父親，自己也將擺脫現在的這種不幸吧。若是被外人謾罵了，自己定當加倍奉還；若是被別人誤會了，自己則會當即解釋清楚；若是遇到了可憐可悲、貧窮之人，自己也會出言相勸，施以恩惠或者是依據情況，直接和那個人絕交。但是，就因為這個人是自己的親生父親，章三郎覺得無計可施。

　　章三郎對自己的父親無計可施，並不是因為道德心。道德一詞無法詮釋章三郎和父親之間的關係。章三郎和父親之間存在一種壓抑於心頭的，暗淡、悲傷卻又讓人頻生怒意的複雜感情。只要父親出現，章三郎的反抗心理就會開始作祟。父親那消瘦的臉上，總讓人覺得有悲傷的影子，看到便不由會對其心生憐憫，正因如此，章三郎無法直接頂撞父親，更不可能動手。一想到自己的身體裏流淌著和父親一樣的血液，章三郎便會不堪忍受，身體變得僵硬。

　　「都二十五六的人了，成天不好好上學，你到底是什麼

打算？問你呢，到底什麼打算？」有時候父親會毫無因由地將章三郎叫到身邊，逼問兒子今後的打算，而此時章三郎總是以緘默反抗。

「你也不是小孩子，你到底是怎麼想的？整日貪玩遊手好閒，你有沒有考慮過自己的將來，你倒是說話呀。」父親句句逼問，章三郎卻一聲不吭，甚至會一言不發兩三個小時。

「我當然是考慮過，可告訴你，你也不會明白。」章三郎在心裏嘟囔著，但絕對不會把這樣的話說出口。章三郎絕對不會為了一時的輕鬆，為了讓父親安心而亂說一通。換句話說，章三郎內心那份沉重的感情，讓他沒有辦法開口。性急的父親每每面對章三郎的沉默，暴跳如雷，言語越發粗魯。章三郎也不甘示弱，雖不言語但行動上必有所呈現，或是雙目怒視父親，或是來一個倒頭鼾聲震天，故意裝作聽不見。

「你這算什麼樣子？你的臉皮到底是有多厚，才可以在長輩說話的時候打呼嚕睡覺！」每當聽到父親這般譏諷訓斥，章三郎反而會平靜下來，他知道父親完完全全領會了自己的意思，這也算是達到了反抗的目的。

「你真是讓人沒辦法呀，我在這邊苦口婆心地勸說，你

倒好，一言不發。我都分不清你這到底是頑固不化還是愚蠢至極啊！不管怎麼說，你這樣下去可不行啊。別再整日睡懶覺了，每天早早起床，好好地去學校吧。也別再像之前那樣離家出走，在外面瞎混好幾天都不回家。希望你好好改改自己的這些壞毛病……」父子之間的對峙，總是會以父親放低身段、哀求自己的兒子收場。最後的最後，也總是老人家眼角泛著淚光無奈地離去。

「若真是憐惜我到了流淚的程度，為何不能溫言相勸呢？不過，我自己也是，為何就不能對父親態度恭敬一些呢？」每當想到這些，章三郎都會感到隱隱的心痛。他甚至希望父親能自始至終都貫穿那種粗魯的態度，這樣，自己也不會心存愧疚了。

但是，章三郎內心深處的那點愧疚，最多也就維持一天半日。每當第二天早晨父親以同樣的方式想把他從被窩裏叫醒時，章三郎就又會以同樣的方式和父親對峙。要麼厚著臉皮一睡睡到大中午，要麼乾脆三四天都不回家。

「既然我這麼討厭自己的父親，為什麼不能和父親大鬧一場，然後乾乾淨淨地斷絕父子關係，從此再不踏進這個家門半步呢？比起現在這個破敗的家，世間好的去處多的是。即便我日後落魄流浪度日，那也要比現在的生活強得

多。」章三郎好幾次都下定決心，企圖永遠離家出走。章三郎通過賣舊書和向朋友借錢的方式，勉勉強強湊到一些路費，離家出走，在外面一晃蕩就是十幾二十日。可每當過了十幾二十日，章三郎便又會耐不住，自己回到東京。

「我一沒親人二沒朋友，不管我過成什麼樣子都不會有人在乎吧。」雖然章三郎心中有這樣自暴自棄的想法，但他內心深處總是藏著對家的留戀，即便是自己的家又窮又髒，還充滿各種不愉快，但家卻是唯一能夠讓自己平靜安定的地方。內心鬥爭的結果，總是對故土的迷戀戰勝了盲目出走的衝動。

「我這輩子是再也回不了家了，我肯定會在哪個山野林間孤獨終老。估計我死之前，都沒有機會見到自己的父親，還有小時候抱著自己、哺育自己的母親了吧。」每當思緒至此，章三郎都深感孤身在外的寂寞和惶恐。於是，為了再有機會和父親對峙，章三郎選擇了回到八丁堀的家中。父母和自己之間的這點情分，竟然可以如此束縛自己。章三郎覺得心有不甘，他更是接受不了自身厭倦父母卻又離不開父母的軟弱。

「喂，章三郎，快起床，快起床！」父親一邊高喊，一邊用腳連踢了幾下章三郎的屁股。

「你是又打算睡到大中午呀 …… 你這算什麼樣子？不管是留聲機還是其他東西，你每次用完都胡亂一扔，從來沒見你收拾過 …… 東西用完，就該好好放回原處。」

章三郎睡眼惺忪，故意又伸了個懶腰，打算繼續埋頭再睡。經過父親如此折騰，雖然早已意識清醒，但他就是不願屈服於父親。

「你這個畜生，你到底起不起！」父親終於忍無可忍，用了蠻力拽著章三郎的胳膊，勉強將其拉了起來。然後父親從口袋裏拿出一封電報，伸到章三郎的鼻尖跟前。

「你給我醒醒！我也不知道從哪兒寄過來的，反正有你一封電報。上面說，你的一個朋友好像去世了。」

「嗯。」章三郎愛搭不理地回應了一聲，從父親手中接過電報。和朋友的死訊帶來的震驚相比，章三郎對父親任意拆開自己電報的粗暴舉動所感到的憤怒更強烈。這種事也不是頭一回了，最近這段時間，所有寄給自己的信件，父親總是會私自打開過目一遍。

「到底是什麼人啊？能夠寄來電報通知你，可見你們關係不一般啊！」

「才沒有什麼關係不一般。」章三郎沒好氣地回應父親。

「若不是關係不一般，怎麼人家死了還寄電報通知你，

你說說到底是怎麼回事？」

「我也不知道是怎麼回事。」

「什麼你不知道，你瞧瞧你這態度！」父親突然一副生氣的樣子，「別人問你個話，從來沒見你好生回應過」。父親嘴裏一邊嘟噥一邊快快地下樓去了。

「鈴木，今早九時，亡。」

看到電報上的字眼，章三郎陷入沉思。對於鈴木的死，章三郎並不感到意外，也絲毫不覺得悲傷。只是想起自己和鈴木之間的那點瓜葛，突然理解了何為命運的捉弄。

鈴木是富農家的兒子，和當下的學生相比，他可是頭腦聰明、品行端正、為人友善的好青年。在自己的朋友圈裏，也很少有人像鈴木那樣德高望重、受人尊敬受人愛戴的。在上預科時，文學系的章三郎和法律系的鈴木完全沒有深交的機會。二人的交集始於進了大學的深秋一天。

當時，章三郎正為沒有五日元的會費發愁。章三郎在那天下午六點之前無論如何需要搞到五日元，否則無法參加晚上在下谷的伊予紋 ❶ 舉辦的中學同學會。雖然他內心也覺得選擇伊予紋那樣的高級料理店搞中學同學會過分奢

---

❶ 伊予紋：日本料理店名稱。

侈，但那是自己力排眾議倡導的，如果不去太折面子了。

「我們以前總是只收一日元的會費，去吃些普通壽司或便當，那未免太寒酸了。這次我們去個高級的地方，好好熱鬧一番吧。五日元也不算什麼吧。」章三郎得意地鼓動大家。雖然很多同學都面露難色，但其中有那麼七八個家境殷實、手頭寬裕的，開始在旁邊煽風點火，助長著章三郎的氣勢。

「就是說嘛，平時收個一兩日元的，哪能舉辦像樣的同學會呀。如果我們當中有人實在交不起五日元會費的，也不勉強，我們就只召集些交得起的，哪怕只有七八個人呢，我們也一定要辦個像樣的同學會。至於地點，就交給章三郎負責，什麼龜清呀深川亭 ❶ 呀的，你就按照自己的喜好給咱們定一個吧。」

同學當中不管是交得起五日元會費的還是那些交不起的，並沒有人知道章三郎是根本沒有五日元的窮書生。

「那我們就定在下谷的伊予紋吧，柳橋那邊我是不太清楚啦，但是下谷那裏可是咱們學生熟悉的地方。」

章三郎一副自己常去那些地方的口吻，忽悠著自己的

---

❶ 龜清、深川亭：日本料理店的名稱。

同學。很快，同學會的事情就敲定了。

事情敲定之後，章三郎才意識到自己根本就交不起五日元的會費，他也一次都沒有去過下谷那裏的高級料理店。章三郎心裏暗暗盤算，同學會當天自己要是籌到了錢最好，若是沒有籌到，那就乾脆裝病不去好了。就在同學會當天的下午，章三郎在本鄉的街道上遇見了鈴木。

「間室君，有段日子沒見到你了。」穿著制服、戴著學生帽的鈴木剛從學校正門出來，見到章三郎，便上前微笑著打招呼。回想起來，鈴木那個時候就似乎是有些身形單薄了。

章三郎和鈴木一邊交談一邊朝三丁目車站的方向走著。章三郎心中盤算、猶豫著要不要向鈴木借錢。眼看到了十字路口，鈴木要分手告別時，章三郎紅著臉說：「不好意思，鈴木，你能不能借給我五日元？」自己和鈴木並沒有什麼要好的關係，但自己竟然能夠厚著臉皮開口借錢，章三郎自感羞愧。

「五日元，我倒是有，但是……」到底是心地善良的鈴木，他一副不好意思拒絕的樣子，「錢是可以借給你，但是這錢下周五一定要還給我，我也緊著要用的」。

「別擔心，下周五之前一定會還給你的。」

「你保證一定在下周五之前還給我啊，要不然我會很為難的。」鈴木給了章三郎一張五日元，再三叮嚀一定要按時歸還。

　　「謝謝！我下周一定抽空給你還回去。我今天也是突然急用，才會向你借錢。那我就先告辭了。」章三郎邁開大步向上野方向走去。

　　借了錢之後，章三郎不由得想到：「是從別人那裏借了五日元。下周五之前能不能還錢，我可不確定。不過，最好不要為此和鈴木絕交。……唉，我怎麼會有這樣的壞毛病呢？」自己為何會因一時的虛榮心而假裝有錢，為何會向鈴木借來這根本就還不起的五日元呢？為什麼自己竟然會厚著臉皮說出借錢的話呢？為什麼自己就管不住自己呢？——比起對自己行為的悔意，章三郎更加痛恨自己人性的缺陷。一般人若是感到後悔，都會伴隨著改過的決心，但章三郎卻不是，他雖然心中責備自己的行為，但卻沒有絲毫要改過的決心。他了解自己，即便有期望改過的意願，卻是稟性使然，根本不可能改過的。如果再給自己一次選擇的機會，估計自己依然會堅持提倡去伊予紋，依然會騙取鈴木的錢。若是自己真有些悔意，那麼現在也為時不晚，只要不用借來的錢，缺席伊予紋的同學會就能解

決問題。但章三郎並不想這麼做。

「給鈴木還錢的事，到下周五前還有的是時間。即便是下周五還不了錢，拖個一月兩月的，總會有辦法糊弄過去的。最壞的結果也就是和鈴木絕交罷了。」想到這些，章三郎突然如釋重負，內心變得輕鬆了。章三郎徑直去了伊予紋。一番暢飲再加之藝伎的助興，章三郎內心感嘆：「看來錢是借對了。」「我欺騙了自己的朋友，換句話說我用騙來的錢參加同學會，卻還是玩得如此盡興。到了下周五，我這種欺詐行為就會敗露，但我為何毫不擔心？恐怕這世上沒有像我這樣毫無道德的人了吧。我不僅僅是意志力薄弱，我是生來就對道德麻痺的瘋子。」章三郎不得不相信自己就是有精神疾病的瘋子。

開始章三郎還若無其事地去鈴木的宿舍玩了幾次。但從周三開始，章三郎就突然消失了蹤影，學校也沒去，更別說在本鄉附近露面了。鈴木寄來了「請歸還之前約定好的東西」的明信片，當然章三郎沒有回覆鈴木的明信片，他既沒有還錢的誠意，也沒有還錢的能力，也找不到敷衍了事的好藉口，他只能選擇等待事情不了了之。

章三郎一方面對自己背信棄義的劣根性感到絕望，一方面卻對鈴木的好人品深信不疑。「鈴木絕對不會是那種小

肚雞腸、怨恨我一輩子的人，他也應該不會在朋友圈中到處散佈謠言說我壞話。」章三郎自欺欺人地勾畫著鈴木的好人品，同時也期待借錢這事會自然消失。

但事情並沒有像章三郎期待的那樣發展。由於章三郎沒有給鈴木還錢，讓鈴木吃盡了苦頭。於是鈴木對那幾個跟章三郎熟悉的朋友說出了事情的始末，並且拜託那幾個人替自己催促章三郎還錢。寄宿期間和章三郎同宿舍的法律系的S、理工系的O、政治系的N，這幾個聽聞章三郎借錢的事之後，無一不對章三郎產生憎惡之情。

「那傢伙連你的錢都騙，怪不得最近不露面呢。他可真是一而再再而三呀。」政治系的N憤憤地說。

「去年開始他就不來我這裏了。你們是不知道啊，有一段時間，他幾乎天天拉著我去洲崎呀吉原那樣的地方，每次吃喝玩樂之後，他都會想辦法推脫，讓我付賬，他自己一次腰包都沒掏過。還從我那裏騙了十五日元，每次都說什麼明天就還給你。結果呢，借了錢之後，他就像幽靈一樣人間蒸發了。間室這個混蛋！」理工系的O一邊嘲諷自己當初的愚昧，一邊道出自己與章三郎之間的不快。

「你們也真是奇怪，就任由他這樣做？要是我被他騙了，我可不會默不吭聲。我們應該把他逮過來，好好跟他

理論理論。你們幾個要是不好意思出面，那我去把他弄過來。」法律系的S一副義憤填膺的樣子。

「我們還是別跟他計較了，若是他真有錢，他也不會去欺騙大家。雖然我沒去過他家，可是我聽人說他家住在八丁堀的陋巷裏。他家那麼可憐，我們也不好鬧到人家裏去。」N緊皺眉頭，勸說著大家。事實上，對於章三郎的根性，N最為清楚不過了，只是他選擇了不計較。

「實不相瞞，我之前覺得太生氣，還跑到他家裏去找過他呢。」O撓著頭，不好意思地說。

「就在去年冬天 …… 當時我對東京也不是很熟悉。他家特別難找，轉了好幾條背街小巷，還向住在那裏的人問了路才找到。據說間室是那一帶唯一的大學生，大家都知道他家。他家周圍的環境可真是又髒又差，完全就是貧民窟，看得我當下就沒了找他理論的勁兒了。還有，當時他已經離家出走了十來天，他的老父親正四處打聽他的消息，反倒弄得我不自在，倉皇地從那裏逃了出來。他成天四處誇口說自己出入風月場所，他也真能說得出口。」

「確實如此。別說出入風月場所了，估計他連一天的零用錢都沒有。不過，間室那個人倒也不笨，除了剛才的那些劣習，其實他倒也算是個有意思的人。我也曾拐彎抹角

地忠告過他好幾次，可是每次跟他見面聊天時，他總是一副滿不在乎、誇誇其談的樣子，弄得我最後只得附和他。恐怕他現今還能厚著臉皮出入的地方就只有我這裏了吧。人呀，要是變得太過誠懇就無法分得清其到底是好人還是壞人了。」N解釋說。

聽完了大家的話之後，鈴木對N說：「我不是疼惜那五日元，我總覺得就因為這點事情就和誰絕交著實不好。所以日後你們要是碰到他了，幫我跟他說一聲。」

章三郎躲了一個月之後，發現鈴木再也沒有寄來催促自己還錢的明信片，他認定鈴木應該已經放棄了。一天，章三郎出乎意料地出現在政治系N的住處，開始得意洋洋地說起那些搞笑的段子。N也沒有表現出任何的異常，就像以前一樣。N對章三郎的到來表示歡迎，並且晚飯時請章三郎吃了牛肉火鍋，還喝了酒，直到半夜他們都相聊甚歡。章三郎覺得N似乎一點也不知道自己幹過的那些事情，一下子情緒放鬆，開懷暢飲起來。

N也是喝高了來了興致，從朋友的人品一直聊到文學爭議。就在章三郎告辭之時，N將其送到門口，開始責備說：「你最近可是讓鈴木大傷腦筋啊。那也不是什麼大數目，你既然答應了人家借了錢會及時歸還，你還是想辦法

盡早給他還了吧。你打算拖到什麼時候呀！」N 和章三郎還沒有要好到可以若無其事地說出這般指責話語的程度。

「哎呀，這兩三天我一定會還給他的。你要是見到他，就告訴他一聲，後天或者大後天，我一定會去給他還錢的。我從來就沒想著要賴賬⋯⋯」冷不丁被人訓斥，章三郎一臉慌張。

「既然你有還錢的打算，就應該告訴他一聲。他給你寫了那麼多次信，你一次都沒回覆過，鈴木可是真生氣了呢。你最近染了不少壞毛病啊。我可告訴你，S 之前知道你的事情也是異常生氣呢，他說要好好教訓你一頓，你自己小心一點。不過，被人教訓一頓或許也是好事，可以幫你改了這些壞毛病⋯⋯」

「知道了，知道了。我也明白自己做得不對，但你這樣不停地囉唆，真受不了。我都說了我後天會還錢的。」

「你真的會後天還？你這人說話沒個準兒，我就先不告訴鈴木了。所以，即便你後天還不了錢，你也放心大膽地來我這兒玩。過段時間不見你的話，我還挺寂寞的呢。」

「說什麼呢，我一定會還的。」章三郎一臉認真的樣子，他在心裏發誓，一定要在後天把錢還給鈴木。

然而，當這天真的來臨時，章三郎卻把自己心裏的誓

言忘得一乾二淨，整天待在二樓翻看那些故事書。四五天過去後，章三郎又若無其事地出現在 N 那裏。

「其實，我最近有點不方便，所以還沒給鈴木還錢。但我還是來找你玩了。」在 N 開口之前，章三郎撓著頭解釋道。要是一般人，肯定會覺得不好意思，可章三郎卻能夠做到若無其事、厚顏無恥。章三郎覺得自己的內心深處有種犯罪的特質，若是逼急了他什麼壞事都能幹得出來。

「我就知道事情會這樣。別人倒也罷了，但對於鈴木那樣的人，你不覺得他可憐嗎？」

「別擔心，我這次真的會在兩三天之內就把錢還給他。」

「又說兩三天。你這次再不還，S 可是真的會出手教訓你了。」

章三郎一臉平靜地找藉口，N 也就一臉平靜地訓斥章三郎。他們兩個關於這個話題，進行過好幾次相似的談話，但終究那五日元也沒有還到鈴木手裏。

就這樣拖到五月底，惡性傷寒流行，鈴木最終也不幸被傳染。其實，鈴木這人向來非常講究衛生，體質不差，但就是天生心臟不太好。

「鈴木一直發高燒，但求不要影響到心臟。」鈴木住院

之後，很多前去看望他的朋友都擔心傷寒會影響到鈴木的心臟。

「你也太不近人情了。鈴木因為生病，瘦得只剩皮包骨頭了，你也應該去看看他。」每次章三郎去找 N 時，都會被 N 這樣說。

「我想去看他來著，可是我怕被傳染。我心臟也不怎麼好。」章三郎的確也是心臟不太好，但與心臟不太好這個問題相比，更讓章三郎恐懼的其實是傷寒這樣的傳染病，總覺得自己不知道什麼時候就會染上傷寒，這種想法像惡夢一般困擾著章三郎。

「我經常去看他，說不定也會被傳染呢。不過話說回來，鈴木的病，大概是沒救了。估計是活不長了。」

「你不能說這樣的話，萬一真被你說中了，那多晦氣啊……」章三郎突然變得激動起來，打斷了 N 的話。

「鈴木，和我們一樣的大好青年鈴木，馬上就要離開這個世界了。」—— 一想到這裏，那個平時會脫口而出的「死」字，像是被附上了千斤的重量，壓在胸口。N 隨口說的那句「估計是活不長了」的話，深深震撼了章三郎，在他的心裏留下了揮之不去的陰影。

打那之後，N 再也沒有催促章三郎還錢。兩個人都心

知肚明，但都絕口不提，這讓章三郎感到滑稽和難為情。

「不管到什麼時候，你都不會還債的。鈴木很快就要死了。鈴木一死，你的背信棄義也會自然抹消。你可真是個走運的傢伙。」章三郎總覺得上天就這樣嘲笑著自己。

「借朋友錢的事，總是會解決的。」所有的事情都像章三郎想得那樣，沒什麼大不了。果真借鈴木錢這件事，就這樣輕易畫上了句號。雖然覺得很對不起鈴木，但比起還不上錢而處處受人攻擊要好得多。鈴木實屬不幸，而章三郎也的確是非常幸運。

章三郎躺在自家二樓的房間裏，仰望著初夏的天空，時常會想起醫院裏即將面臨死亡的鈴木。即便是自己沒有去看望過鈴木，但通過 N 那些人的話，病房裏慘淡的光景也可想而知。—— 先前那個滿臉長著青春痘，看上去容光煥發的鈴木，如今飽受病痛的折磨，眼眶深陷，消瘦的身體靜靜地躺在醫院的病床上。鈴木的額頭還有微弱跳動的心臟上放著冰袋，似乎那冰袋的重量都令鈴木感到沉重得難以負擔。嘴唇因為高熱而乾裂，護士在旁邊不時往乾裂的嘴唇上滴些葡萄糖液。病房裏充斥著各種藥物混合的氣味，圍坐在病人周圍的家屬個個臉上帶著死亡逼近的恐懼表情。那些偶爾來探病的人們也都盡量躡手躡腳，生怕驚

擾了病人。不論是父母、兄妹還是病人的親朋好友，大家都在記憶中搜尋著病人的偉岸之處。病人正處在正常人無法窺視的、可以揭示靈魂和死亡秘密的那個世界，眾人就像仰慕連接著人和神的神奇智者般敬愛著他。—— 病房裏那種神聖而又讓人窒息的光景，清清楚楚呈現在章三郎的腦海當中。他甚至開始幻想病人因為高熱的折磨痛苦呻吟的樣子。往返於生死邊緣、意識模糊的病人，他會想些什麼呢？他是不是還忘不了借錢的事情？「間室這個可憎的傢伙，他到底還是欺騙了我。即便是我死了，我也要把借給他的錢要回來。」鈴木會不會說這樣的胡話？—— 想到這裏，章三郎不寒而慄。想到鈴木可能會說出這樣的胡話，章三郎覺得真該當初早早就把錢還給他。

章三郎想起一句古話，「人之將死，其言也善」。平日裏就是正人君子的鈴木，想必在將死之際不會對於章三郎的背信棄義耿耿於懷。

「間室也是個可憐之人。那個是他的壞毛病，這也是沒辦法的。」鈴木一定會憐憫地說著這樣的話，然後含笑而死。章三郎在內心祈禱，希望病人會有顆聖人般善良的心，寬容而死。

「雖然我討厭去探病。但若是鈴木真死了，一定要通知

我，我定會去參加他的葬禮。」章三郎拜託 N。

今日為了實現當初的約定，N 給章三郎寄來了電報。

「終於死了，我的朋友兼債主終於死了。」雖然這樣想十分不近人情，但事實上，章三郎心中那份寢食難安的罪惡感瞬間煙消雲散，比起對朋友死去的哀傷，他心中深感自己幸運的感情更加強烈。

三

在本鄉森川町 N 的宿舍裏，聚集了四五個穿著大學制服的青年。這幾個人都是一大早就空著肚子、耐著暑熱幫助鄉下來的鈴木家人，將鈴木的遺體運送到了日暮裏的火葬場，由於連日的奔波忙碌，這幾個早已累昏了頭，連吃飯的力氣都沒有了。

「啊，不行了，不行了，照這樣下去我就要被熱死了。」理工系的 O 脫去上衣，用手絹蓋著臉一頭栽倒在床上，有氣無力地說。

「鈴木家人定的是明早幾點的火車啊？到時候看情況，我可能就只送他們到車站。想想看，要是一大幫人都跟著他們去了鄉下，估計他們也會覺得不方便吧。不如我們選

個總代理算了。」N脫去衣服一邊擦汗，一邊說道。

之前說要教訓章三郎的法律系的S一臉嚴肅地說：「我原本就打算跟他們一起去鄉下的，我代表大家去倒也沒什麼。但是我覺得你們最好也都跟著一起去，東京這邊的朋友多一個人也多一份情誼，鈴木家人也會感到欣慰的。就這樣決定吧，我們一起去吧。」

正當大家討論著要跟著去鄉下時，章三郎略顯生分地走進屋裏。那個倔脾氣的S在看到章三郎的一瞬間，面露不悅地把視線轉到了另一邊。

「失敬失敬，好久沒和大家聯繫了。」聽到章三郎低聲下氣、過分謙卑的寒暄之後，那幾個躺著休息的人，也不情不願地坐起身子，默默點頭打了個招呼。章三郎的那句「好久沒和大家聯繫了」的語氣中不僅僅包含了久疏問候的歉意，也包含了對之前自己行為的愧疚。至少章三郎自己認為，自己的那句寒暄包含了雙重的歉意，他希望把大家默默地點頭示意理解為自己獲得了大家的原諒。

「昨天我給你寄了電報，應該收到了吧。」

「是的，謝謝。我今天來你這裏，就是想問問具體情況的。葬禮定在哪天了？」

「因為葬禮要在鄉下舉辦，所以我們討論讓S當代表去

鄉下，而我們幾個也就只送行到車站。明天上午十點，大家一起從上野車站出發。」

「別急，說不定我也會跟著去鄉下呢。」O坐直了身體，一副若有所思的樣子。

「你要跟著去鄉下？恐怕你是別有用心吧。早上在火葬場的時候，你就老是纏著鈴木的妹妹。你也真行，真是不分場合地獻殷勤啊。」

被N這麼一說之後，O笑著說道：「鈴木的妹妹確實不一般，之前多多少少聽說過，但絕對沒想到她是這等美人。我倒是想看看葬禮時，她身穿白衣哭腫眼睛的樣子。」

「你要是那麼喜歡人家妹妹，就應該在鈴木生前去他家提親。若是你去提親，估計鈴木的父母也會欣然接受吧。」

「真是遺憾啊！」O有些當真地、心生遺憾地說道。

「現在也為時不晚呀。我們就說自己是鈴木的好朋友，這樣一來對方也會信任我們 …… 若是為了鈴木的妹妹，我倒是想和你好好競爭一番。」

「就這麼辦，就這麼辦。就算是為了爭取鈴木的妹妹，你們兩個跟我一起去鄉下吧。若是只有我一個去的話，那來回的路上該多無聊啊。」S突然心情大好。

以前只要是提到女人，章三郎勢必會大放厥詞，但今

天不知怎的，或許是自認沒有爭取鈴木妹妹的資格吧，章三郎默默地聽著三人的談話。章三郎不僅僅是因為自己的人品，從家境來說，他也沒有資格和鈴木的妹妹結婚。估計除了身份低下的窮光蛋的女兒，沒有人會願意嫁給他。這樣一想，章三郎變得異常羨慕這三人殷實的家庭。他甚至嫉妒朋友能夠妄想娶到鈴木的妹妹。若是自己也生在他們那樣的富裕家庭，能夠隨心所欲地飽讀詩書，也不會養成如此卑劣的品質。若自己是素封之家的貴公子，恐怕也不會被輕視和詆毀。在朋友圈中，自己之所以處於弱勢，歸根結底都是因為錢的問題。若是能生在富足之家，那麼無論學識還是頭腦，自己都會與他們旗鼓相當，甚至還有可能變成他們無法企及的天才藝術家。

「你們就等著瞧吧，雖然你們排斥我、看不起我，但我日後一定會讓你們刮目相看的。」── 或許看到了章三郎悶悶不樂的樣子，N 安慰章三郎似的轉換了話題，「提起妹妹，你之前不也還在為妹妹的事大傷腦筋嗎？怎麼樣了，你妹妹好些了嗎？」

「我妹妹的病，恐怕是治不好了。」章三郎終於從之前的妄想中回過神來，他故作可憐，以博取那三人的同情。

「你妹妹得了什麼病啊？」O 最先和章三郎搭話。

「肺病。」說出這兩個字之後，章三郎如釋重負。

「看來一提到別人的妹妹，你就來勁了。」N 在一旁調侃 O。

「不過話說回來，間室的妹妹和他哥哥一點都不像，據說是個美人呢。自古得肺病的女人都是些大美人。他妹妹年方二八，是地地道道的江戶女子，另外聽說口齒伶俐，說不定要遠勝於鈴木的妹妹呢。怎麼樣？你是不是要發揮一下交際家的手腕，去間室家拜訪一趟？」

「再是個美人，肺病我也接受不了。還是等她好了，我再發揮吧。」

「要是妹妹這次病能好，我打算讓她去當藝伎。到時候再請 O 關照我們家妹妹。作為哥哥這麼誇自己的妹妹有點奇怪，但妹妹確實是生得標致。」章三郎借勢逞強，亂說一通。面對骨瘦如柴的妹妹，章三郎可是從未覺得她「生得標致」，更沒有想過要送妹妹去當藝伎。此時的章三郎只是想迎合大家的興致，說出些有趣的事情，讓大家盡快消除對自己的反感。

「娶鈴木的妹妹為妻，再納間室的妹妹為妾，豈不更好。不過做哥哥的，要想讓妹妹當上藝伎，那可需要相當的手腕呀。哈哈哈哈。」S 開懷大笑。

雖然能感覺出大家言語之間的譏諷之意，但章三郎消除大家心頭反感的目的已達到了。

　　「連之前放話說要教訓我的Ｓ都笑了，估計就沒什麼事了。死去的鈴木以及將死的妹妹，托兩人的福，他們幾個都已經完全忘記了對我的敵意。看來人呀，是不可能永遠維持對別人的恨意的。」章三郎略施小計，就完全打消了那三人對自己的不滿和敵意，他為自己感到驕傲。藉著這個機會，章三郎就像酒席間逗大家樂的幫閒一樣，逗得在場的幾個人捧腹大笑。

　　「哈哈哈哈，雖然有些日子沒見到間室，他還是這麼幽默啊。」Ｓ一副誇獎藝人的口吻。

　　「我還沒吃午飯，能不能請我吃個牛肉呀？事實上，從剛才開始肚子就餓得咕咕叫呢。」章三郎一邊說話，一邊窺探著Ｎ的表情。

　　「看，開始了，他開始催促要飯了。其實我們幾個也都沒吃午飯呢，即便你不說也會請你吃的。你就別一副可憐相了。」

　　「你雖然答應請我，可是宿舍這地方的飯，我可咽不下去。一定要請我吃牛肉啊。我這個人兩三天不吃肉，就想得慌。順便再請我喝杯啤酒怎麼樣啊。」

「哈哈哈哈，我贊成。其實我也想喝啤酒了，要不我們就發狠要上半打如何？」比起之前的反感和恨意，此時的大家更加願意調侃章三郎來取樂。大家似乎開始認定：「如果和間室進一步交往的話，就會發現他並不是什麼壞人，只是他有點遲鈍和不可信。不過話說回來，之前毫無因由地借錢給間室，也是自己做得不好。以後只要注意不給他借錢，那麼和他做朋友也是件有意思的事情。」

章三郎並沒有想過要和這些人有過深的交往。章三郎覺得交朋友這事並沒有什麼意義。再加上自己原本任性，也毫無道德感，這種性格想要交到真正意氣相投的朋友，那簡直就是白日做夢。不管別人如何對待自己，章三郎都不會有半點吐露心聲的意思。換句話說，他認為沒有必要向別人吐露心聲。其實章三郎內心也有很多真摯的情感，但是這些情感他不會表達給單獨的個人，日後若是有機會，他將用詩歌、小說或繪畫等藝術形式將自己的感情公之於眾。章三郎從不在朋友面前表達自己強烈的藝術欲求，每當和朋友相處時，他都只說些玩笑話。一旦跟別人接觸，章三郎內心高貴的部分都會隱藏起來，而內心深處那些輕薄的、虛偽的、骯髒的部分就會活躍起來。每當這種時候，就連他也覺得自己是個卑賤的小人，毫無自尊心

和廉恥心的小人。

「不僅僅是朋友,自己之外的任何人都不能夠真正影響到我。我和所有人的接觸,都是表面的敷衍了事,我從來不會為別人的幸福祈禱,也沒想過借助別人的力量來獲取成功。那些所謂在社會上獲得的地位和待遇,到底對我有何價值?又會對我的藝術天分產生多少裨益呢?」章三郎認為,人生在世,沒有必要和朋友有過深的交往。人和人的關係之中,只有戀愛關係算得上重要。戀愛無非就是對於美貌女性肉體的一種渴望,無異於對華服美食的嚮往。因此,女性的人品和精神世界絕不是戀愛的終極目標。即便自己哪天會因為沉溺於愛情而捨命,那也絕對不會是為了自己相愛的戀人,只可能是為了獲取自身想要的快感。章三郎不僅沒有親切、博愛、友善、孝順等道德觀念,他甚至不能理解別人為什麼要執著於這些。但他並不是「討厭人類」。雖然他覺得朋友愚蠢,但他喜歡和朋友一起喝酒、說笑、談論女人。若是十幾二十日不與朋友相見,就會覺得異常寂寞。章三郎內心深處交替著兩種感情,一種是對孤獨生活的嚮往,另外一種是對花天酒地的迷戀。借了朋友的錢,沒法出來見人的時候,章三郎就會躲在自己二樓的屋子裏冥想,或者是踏上漂泊的旅途。此時的章三

郎會覺得自己是非凡之人。然而當借錢沒還的陰影再次湧上心頭之時，章三郎又會異常地想念 N 和 O 這些人，厚著臉皮跑到他們的住處，一起談笑聊天死乞白賴地央求他們請自己吃牛肉火鍋。「滑稽男」、「遲鈍男」、「警句男」等等，都是朋友對章三郎的稱呼，而他自己也異常享受這種在酒席間逗大家開心的行為。所以，章三郎和朋友之間的關係僅僅維持在「酒友」的程度。若是有人過高地評價他，想和他成為親密的朋友，章三郎反而會覺得不自在。「反正我就是這麼個利己主義、極其不守信的人，你若嫌棄不和我做朋友也無所謂。我只想和了解我根性，還願意和我交往的人做朋友。」——這是章三郎對於朋友關係的總結。

次日早上十點，裝著鈴木骨灰的小盒子被家人帶到了上野車站，準備運回鄉下。前來車站送行的學生大概有五十人。

「我家兒子生前承蒙大家照顧，今日大家又齊聚車站來送行，對於諸位的情誼，本人深表感謝。」鈴木的父親用鄉下慣用的方式向前來送行的學生一一致謝。那個被稱為美人的妹妹，也一直低著頭跟在父親身後。章三郎也跟其他的學生一樣，接受了鈴木父親及妹妹的謝意。只是在聽到那句「承蒙大家照顧」時，章三郎覺得自己的內心無法

坦然。他羞愧地瞟了一眼骨灰盒，回答道「其實是我承蒙了照顧……」

五十個學生當中，有些人極其討厭章三郎，但面對已故的亡靈，大家似乎都沒有意思去揭破他的醜惡面目。章三郎感嘆，鈴木雖然已故，但其恩澤依然讓自己受益匪淺啊。


## 四


梅雨季節的一個傍晚，夕陽從二樓的窗口照射進來。貪睡的章三郎跟往常一樣，在床上躺成「大」字。此時，突然從樓梯處傳來腳步聲。

「我也想把她送進醫院接受治療，可是咱家根本就沒那個錢。」那個嘶啞的聲音一聽就知道是父親，他身後還跟著抽抽搭搭的母親，兩人悄悄進到二樓的房間。

「啊，母親這是又想說服父親什麼？」章三郎迷迷糊糊地意識到。每次父母要說些不能讓病人聽見的話時，都會悄悄上二樓的房間。

「所以我才讓你去拜託日本橋那邊他叔叔家呀，這可是人命關天的事情。我們至少得讓孩子住院接受治療啊，若

不那樣做，我們做父母的也太殘忍了。」母親用十七八歲姑娘家撒嬌的口吻一邊抽泣一邊勸說著父親。眼看要失去自己唯一的女兒，母親顯得有些不知所措。

「你每次都說這樣的話。我哪裏殘忍了？我也盡了自己最大的努力。」父親先是慌忙辯解，轉而又是一臉陰鬱，進一步放低聲調說道：「要是阿富的病真能治好，那我就是背上滿身債務也會給她醫治。可是，現在醫生都說了，這孩子是救不活了，能不能堅持到六月都是個問題。你借了錢，那也是白搭。這孩子的命該如此，我們也就別瞎折騰了。」雖然父親柔聲細語哄勸母親，可母親就像個孩子一般一味地搖頭拒絕。

「雖說這病是治不好了，但至少我們也應該讓孩子住進醫院，找個好的大夫幫她看看。若不這樣，我絕對無法死心。河村的阿照在病死之前，也是向日本橋的叔叔借了錢，在順天堂 ❶ 看了好大夫。哪兒有像你這樣不近人情的父親……」

「誰不近人情了？！我不也是每天去請來芳川給孩子瞧病嗎？」

---

❶ 順天堂：醫館名稱。

「芳川那樣的江湖郎中，他能看個什麼病？」

「一派胡言！芳川也是正兒八經的好醫生，在咱們這一片可是深受信賴的。你懂什麼！」父親突然火冒三丈。但或許是看到母親一副可憐的樣子，語氣又婉轉了一些，說道：「阿富小時候就是芳川先生給看的病，比起其他人，芳川可是更加了解她的體質。芳川都說了，阿富是個薄命的孩子，現在不管是誰來看病，恐怕都是救不下來了。你老說讓孩子去什麼大學附屬醫院，找什麼好大夫之類的話，這些都是白費工夫。我們窮人家實在是沒有閒錢去撐那些場面。」

此時，樓下傳來了「媽媽，媽媽」的喊叫聲。迫於無奈，母親只得作罷。她倉皇地抹掉自己眼角的淚水，衝著樓下說：「來了來了，媽媽下來了。」

「看看，看看。我們在上面說話的事情，又被阿富察覺了。趕緊把眼淚擦了，快快下去看看她。」

「媽媽，媽媽。你們都跑去樓上，我一個人在樓下好孤單呀。」

「來了，我馬上就下來。」母親抽泣著下了樓。

「喂，章三郎，你又在睡懶覺。你到底起不起來。」原本要跟隨母親一起下樓的父親，看到還在睡懶覺的兒子，

頓時火冒三丈。

「可憐的老頭子，整日被老婆攻擊，被兒子鄙視，現在連女兒都要死了，真是不幸啊。」就在父親開始用腳踢自己時，章三郎內心深處那點僅有的同情又蕩然無存了。賴床的兒子和父親開始了一場拉鋸戰。可是因為有時父親的腳趾會踢到章三郎的大腿，會產生一種令人作嘔的皮膚觸感，於是無奈之下，章三郎只得坐起身來。

「說你多少次不許睡懶覺了，你還是這副德行！你個厚顏無恥的混賬東西！」父親狠狠瞪著章三郎，大聲責罵，但這似乎並不能讓父親解氣。「你要是有睡懶覺的工夫，還不如去給你妹妹取藥去呢。這藥趕著下午喝的，你現在就去。你個沒良心的傢伙，妹妹生病在床，你卻一點忙都不幫。」

「您這當父親的人，連兒子的學費都沒出過……」章三郎模仿著父親一貫的口吻在心裏嘟囔著。

次日，父親和母親又悄悄地爬上二樓，再一次為妹妹住院的事情爭論起來。父親依舊生氣，母親依舊抽泣。即便不能送妹妹住院，母親希望至少也請個護士來照看一下妹妹。

「阿富雖然忍著不說，但這孩子真是太可憐了。另外，

我一個人又要幹家務又要照顧病人，著實也忙不過來。家裏窮那是沒辦法，但也不能光讓我一個人受累啊。」父親板著臉，聽著母親的嘮叨。對於母親的任性和奢侈，父親早已了然於心、厭倦至極。

「兩個人成天就這樣吵來吵去，還不如離婚算了。這麼吵下去，日子只能越過越窮。」作為旁觀者的章三郎，覺得這樣的父母又可憐又可笑。公平地說一句，母親如今的窘境並不是父親的無能造成的。面對這樣的妻子，父親大可以說：「都是因為你，我才落魄至此。」就憑父親忍著沒有說這樣的話，就證明父親比母親聰明百倍。

母親不停地發牢騷，說自己又要幹家務又要照顧病人。但事實上，母親這個人極其懶惰，既沒有做好主婦的能力，又沒有自知之明。阿富生病之前，母親幾乎沒有親自做過早飯。與其說母親不做早飯，更確切的說法應該是她根本就不會做早飯。

「作為一家主婦，連個飯都不會做，像什麼樣子。」每當父親這樣說時，母親都會還嘴說：「我就是這樣，反正我不是什麼能幹的主婦。我嫁人前也從未想過自己會落魄到需要自己煮飯的地步。」

說來也是無奈，父親每天下班回來之後，還得自己挽

起衣袖淘米做飯。每天早晨妻子孩子還在被窩裏，父親就得穿衣起床，去廚房生火做飯，為一家人準備早餐。大抵早餐快做好時，母親才伸著懶腰從被窩裏爬起來。父親總是匆匆忙忙吃完早飯，給自己準備個簡單的便當，便出門去老闆的店裏。從四五年前開始，父親就在這家運輸店當掌櫃。

父母每天都在抱怨自己命運不濟，卻沒有絲毫努力改變現狀的意願。

「生活的窘迫竟然會有如此強大的摧殘力。想要衣食無憂，竟比登天還難。我這輩子恐怕都無法擺脫跟父母一樣的悲慘生活了。」

目睹家中的一切，章三郎開始為自己的未來擔憂。他雖然極其討厭母親的好吃懶做，厭惡父親的軟弱無能，但身為父母的兒子，不可否認的是，他完全繼承了兩人的缺點。雖然他覺得「自己天生就有幾分才能」，但是他卻從未努力磨煉自己的「才能」，總是貪圖安逸，幾乎所有的時間都浪費在睡懶覺、貧嘴、喝酒以及女色上。與父母相比，他的好吃懶做和軟弱無能真是有過之而無不及。

如果維持現狀繼續散漫度日，自己必然會重蹈覆轍，去過和父母一樣慘淡的日子。甚至，他已經感覺到這種慘

淡的日子在一步步向自己逼近。

「我必須趁現在行動起來。若是我想有所成就，就必須把握好眼下的時光。」章三郎開始為前途感到焦慮。他立刻打起十二分的精神，跑去大學的圖書館，攤開紙筆伏案沉思。可是自己的腦袋早已因為太久沒用而生鏽。坐在圖書館裏的章三郎無論是翻閱書籍還是想提筆寫點什麼，都無法集中精力。章三郎的腦海裏總是會不由自主地浮現美女美酒，以及一些荒誕滑稽的享樂場面。他已經分不清楚是夢是真了。美女妖豔的舞蹈、滿身鮮血的罪犯，還有魔術師奇幻的舞台等等，章三郎就像吸食了鴉片一樣，眼前不斷出現這些幻象。

每當章三郎心情稍有放鬆之時，他的神經衰弱就會變得越發嚴重。健忘、自言自語、瘋癲、執拗，這些症狀一日間交替出現，困擾著章三郎。自從鈴木去世以後，盤踞在大腦裏的壓迫感日益強烈，折磨著章三郎的神經。

「死亡何時會降臨在我身上呢？說不定我什麼時候就會猝死街頭。」

一想到這些，章三郎便會異常的恐懼不安。由於死亡帶來的恐懼，致使章三郎對於那些會引起猝死的疾病變得十分敏感。腦梗死、腦出血、心臟麻痺等等，章三郎總是

覺得這樣的疾病會突然降臨在自己身上。好端端地行走在路上，卻突然感到胸悶，然後發瘋似的跑過幾條街道；乘電車時，突然感到頭痛欲裂，然後慌張地奔出車站；熟睡中突然掀開被子，然後從樓梯上飛奔下去，用屋外水龍頭的水洗臉；等等。對於死亡的恐懼已經快讓章三郎發瘋了。章三郎幾乎夜夜不能安然入睡，只有當清晨來臨、陽光照進屋子時，他才能安下心來，酣睡到中午。

　　章三郎日日飽受這樣的折磨，但他卻投醫無門。至少他自己清楚，自己的病是這世上一般的藥物所不能醫治的。「醫生，求您救救我吧。我太害怕了，我覺得自己馬上就要死了。」即便自己這樣企求醫生，估計醫生也是束手無策吧。醫生最多只能安撫自己說：「什麼事情讓你這麼害怕啊？你的身體沒有任何異常啊！你不會死的。」再或者，真是遇到那種不僅能看清人身體上的疾病，還能看清人心病的世間神醫，估計也會冷笑著對自己說：「哎呀，你的病太嚴重了，我也無能為力啊。你自小就有極強的色欲並放縱自己沉溺其中，你的靈魂受盡蹂躪，你的病都是這因果報應所致。你這是個人天生的心理缺陷，不論是醫生還是神明都救不了你。十分抱歉，我也無能為力。」神醫面帶難色，宣告章三郎的命運。

章三郎比任何人都要清楚自己生病的根源，因此他不會再去刻意聽取醫生的宣判，只是在心裏無法停止懊惱和遺憾。

　　「你現在所承受的痛苦都是上天對你的懲罰。逆天而行的人，都將遭受上天的懲罰。即便遭受天譴，你也不願意改變自己嗎？」章三郎在內心深處質問自己。面對這樣的質問，他總會自問自答說：「到底是誰的錯！才會把我生養成為一個逆天的人？到底是因為誰，我才無法面對真善美？遭天譴的人，根本就不應該是我！」章三郎覺得面對如此不正當的懲罰，自己必須反抗。自己絕對不能容忍上天如此不公平的懲罰。他想消除內心一切的恐懼，好好地活下去。人世間充斥著各種罪惡的歡樂，哪怕這歡樂就是一杯毒酒，自己也想將這杯毒酒一飲而盡。

　　章三郎深信自己的病已經無藥可救，現在自己能做的就是短暫地擺脫痛苦。因此，不論是白天還是黑夜，甚至是在人頭攢動的電車當中，只要壓迫自己的恐懼湧上心頭，章三郎便會仰頭痛飲。醉意會擊退所有的恐懼，使他的內心得到片刻的安寧。雖然買醉只是短暫的權宜之計，章三郎也無暇顧及了。

　　只要喝了酒，便什麼都不怕 —— 章三郎越發深信此

道，喝酒成了比一日三餐更為重要的事情。若是每晚不喝上幾口，章三郎便無法入睡。只要手頭還有點錢，便會買來威士忌揣在兜裏。若是實在沒錢了，那便逮著什麼是什麼，只要是含有酒精的東西，都能解燃眉之急。章三郎也時常偷家裏的錢出去買酒，也曾在深夜時分偷偷跑進廚房，把家裏調味用的料酒一飲而盡。

「我們家的料酒，總是還沒怎麼用就沒了。我尋思著這也太奇怪了，偷偷一看才知道是章三郎半夜裏偷著給喝光了。」母親時常這樣對父親說。

「料酒能喝嗎？即便是章三郎那傢伙喝的，你也別再囉唆了，悄悄藏起來便是。喝了料酒可是會把身體給搞壞的。」父親半信半疑地說。

當天晚上，章三郎又偷偷溜進廚房，可是尋了半天都沒找到料酒。於是，他又打開屋內的隔扇四處窺探，他發現就在父親的枕邊，並排放著煙灰缸和酒壺。父親和母親把生病的妹妹夾在中間，三人酣然入睡。幹體力活的父親，還有愛哭的母親，只要沾床就會睡得很死。章三郎將視線轉移到終日臥病在床的妹妹身上，確認妹妹也在安睡之後，他躡手躡腳過去將酒壺偷了出來。他帶著酒躲進廁所，忍著臭氣大口大口喝了起來。就這樣持續了五六天。

這天夜裏，章三郎又像之前那樣，算準了家人熟睡的時間，再次溜到一樓，藉著微弱的燈光，環視房間的各個角落，在父親的枕邊並沒有看見酒壺的蹤影。

「難道是被發現了，所以他們又把酒藏到其他地方了？」章三郎站在屋子中間，心裏盤算著酒的去處。父親一如既往地打著呼嚕，母親依舊張大嘴巴酣睡。但此時在章三郎的眼裏，他們像是倒在路邊的病人一般，看著讓人心痛。是啊，這兩三年以來，自己從未仔細看過父母的樣子，於是他的眼神久久停留在熟睡的父母身上。父親穿著破舊的棉布睡衣，柴火棍似的腿露在被子外面；再看父親的臉，眼窩深陷，臉頰消瘦。父親躺著的樣子，更像是一具餓殍。睡在旁邊的母親，或許是因為身體健壯，一點都沒有憔悴的樣子，胸間雪白的肌膚一覽無餘，雙臂展開，單蹺著一條腿，睡相醜陋。看到這樣的光景，章三郎不由心生憐憫。這對可憐的老夫婦，只有在晚上的睡夢裏才能得到片刻的安寧。在章三郎看來，沉睡中的父母像是在乞求自己的憐憫和救贖一般靜靜地躺在那裏，在他們的臉上看不到白天怒吼的憤恨，也聽不到他們責罵的話語。

「章三郎，求求你救救我們。你不是我們的兒子嗎？在這個人世間，除了你再沒有人可以拯救我們了。請你看

在我們可憐的份上，好好孝敬我們。」—— 父母酣睡時的氣息，聽起來像是對自己的苦苦哀求。為什麼我會討厭和折磨他們這樣的可憐人？想到這些，章三郎開始情緒激動。

「世上怎麼會有我這樣的惡人！像我這樣喪盡天良的人活該受到上天的懲罰。父親，母親，請你們原諒兒子。」章三郎雙手合十，站在父母身旁。

「哥哥，你是不是又來偷酒了？」本該睡著的妹妹瞪大雙眼，盯著章三郎。

「你別找了，料酒早就被收起來了。我們家廚房每到深夜都會有隻大老鼠的腦袋在裏頭晃來晃去，可是不能掉以輕心隨便放東西。」病中的妹妹聲音有氣無力，但卻句句針對章三郎。

章三郎受到驚嚇，站在原地，半天沒有吱聲。他怒視著妹妹，長期以來積攢的厭惡之情，終於爆發了。

「幼稚鬼，你少囂張！自己連站都站不起來，還敢嘴上逞強。我憑什麼聽你的，你給我乖乖一邊待著去……」章三郎猶豫了一下，他意識到自己接下來想要脫口而出的話太過殘忍。於是，就含含糊糊地說：「別人的事情根本就不用你瞎操心，管好你自己就萬幸了。笨蛋！」

這次妹妹並沒有還嘴,她默默地盯著章三郎,冰冷的眼神似乎在說:「哥哥,你剛才猶豫著沒說出口的話,我知道是什麼。你不就是想說,我馬上就要死了嗎?」

## 五

那段時間,章三郎遇到了一個對自己的任何要求都唯命是從的妓女。為了能去妓女那裏,他用盡各種手段。從日本橋的親戚那裏借來的學費都用在妓女身上不說,他甚至又開始欺騙那些剛剛和自己和好的朋友,就連從朋友那裏借來的書都被他賣了當嫖資。他跌入慾望的深淵,好幾天都不回家已成為常態,即便是回家,也大抵是深更半夜,拖著交歡後疲憊的身體,用力敲響自家的大門。

被吵醒的父親總是在屋內大喊:「你現在回來幹嗎?你那麼大動靜敲門是成心想把阿富吵醒嗎?你不把家當家,我們也沒有你這樣的兒子。不許你再踏進這個家門。」

聽到父親在屋裏生氣的喊叫聲,章三郎便更加用力砸門。這樣僵持了幾分鐘,終於還是父親敗下陣來,給章三郎開了門。

「你個混賬東西,都說讓你滾了,你為何還賴著不

走！」打開門的瞬間，父親伸手推了章三郎一下。

「孩子他爸，你這是要讓鄰居都聽見嗎？別再鬧了。章三郎，你也別傻站著，快向你父親低頭認個錯。」母親出來勸解父子兩人。

「畜生！你打算就那樣站到什麼時候。」父親說著，在章三郎的頭上拍了幾下。此時的父親，眼角含淚，聲音沙啞。

即便如此，章三郎依舊杵在門口，直到父親強行將自己拉扯進屋內。連日來的體力透支，章三郎早已昏昏沉沉，此時父親對自己的打罵，對章三郎而言反倒有一種受虐的快感。

六月末的一天，連日來的陰雨終於停了下來。早晨七點，就在父親要去上班之時，妹妹叫住了父親。「爸爸，我今天覺得特別寂寞，求求您哪裏都別去，陪陪我，爸爸！」妹妹乞求的聲音異常悲傷，再也沒有往常訓斥章三郎時的氣勢。生病後的妹妹每天晚上都要抱著父親乾瘦的胳膊才能安然入睡，就好似只要父親在身邊，自己就不會死去一樣。

「孩子他爸，阿富都說寂寞了，你就休息一天，留下來陪陪她吧。」

「那好吧，我請一天假，在家陪你。」父親語氣柔和，答應了妹妹的要求。

從前一天晚上，章三郎就跟妓女廝混在一起。當他早上從交歡的疲憊中醒來時，妓女早已離開了房間。「大抵妹妹今夜死期將至了吧。」這樣的念頭，突然湧上心頭。這或許就是世人常說的第六感吧。章三郎從未擔心過生病的妹妹，但或許這就是所謂的血緣關係，當預感到妹妹死期將至，章三郎也感到了心痛。兄妹之間的血親關係竟然如此根深蒂固，這是章三郎不願相信的。

大概下午一點的時候，章三郎結賬走出妓院。身上還剩兩日元，章三郎想怎麼也得把這錢花出去。「酒，喝酒去。喝了酒，就不會胡思亂想了。」章三郎去了人形街的店舖，要了威士忌和三盤西洋小食。酒足飯飽之後，他從店裏走了出來，正午的陽光照在他的身上，讓他感到頭暈目眩，但內心卻平靜了下來。

「接下來去淺草。在淺草看完電影再回家。太有意思了……」章三郎大聲地自言自語。

那天夜裏，章三郎回到家時已是晚上九點。推開門的一瞬間，就聽見母親哭泣的聲音：「是章三郎嗎？快點，快過來！」

在狹窄的房間裏，父親、母親還有日本橋那邊的親戚統統圍在妹妹身旁。

「阿富，阿富，你哥哥回來了。」梳著高島髻的阿葉，趴在妹妹耳邊。

「真是不可思議啊，平常半夜裏才回來，今天卻這麼早就回來了……」媽媽紅著眼眶說。

躺在床上的妹妹，似乎還能聽到大家說話，雖然她已經沒有力氣回答，卻依然睜大眼睛盯著章三郎。

「阿富，阿富，你為什麼要用那樣的眼光看著我。我之前罵你，也不過是一時頭腦發熱。不要用那樣的眼光盯著我，拜託你。我是你的哥哥呀。我今天也異常難過。」章三郎在心裏哀求妹妹。

「孩子他爸，我們把芳川先生請過來，再給孩子打一針吧。」母親說。

「打不打針，都一樣。章三郎已經回來了，也算是見了最後一面，阿富也不會再有遺憾了。別再想法子折騰孩子了。」

呼吸困難的狀態持續了一個小時之後，妹妹的嘴角開始抽動。「媽媽，我想大便。就躺在這裏大便，行嗎？」

「可以，可以。」母親爽快地答應了妹妹最後一個任性的要求。

病人短暫地恢復意識，開始和圍在身邊的人斷斷續續地搭話。

「啊，我可真是無趣，十五六歲就要面臨死亡⋯⋯ 不過，我一點都不痛苦，原來死是這麼輕鬆的⋯⋯」

在場的人，就像聆聽哲人的教誨一般，屏氣凝神。這句話真是來自將死的靈魂。話畢，妹妹就斷了氣。

「什麼嘛，不是說人死的時候都會打嗝嗎？這孩子怎麼沒有打嗝？那些騙人的戲劇，死之前不是都要打嗝的嗎？⋯⋯」父親滿臉狐疑地看著妹妹說道。已經死去的妹妹，此時身體微微動了一下。突然，媽媽就放聲大哭起來。

妹妹去世後的兩個月，章三郎在文壇發表了自己的短篇小說。他的小說風格，完全不同於當時社會上所盛行的自然主義小說。他的小說源於自己那些荒誕離奇的夢，醇美而強烈。

| 策劃編輯 | 梁偉基 |
| 責任編輯 | 許正旺 |
| 書籍設計 | 吳冠曼 |
| 書籍排版 | 何秋雲 |
| 地圖繪畫 | 廖鴻雁 |

| 書　　名 | 春琴抄 |
| 著　　者 | 谷崎潤一郎 |
| 譯　　者 | 楊曉鐘 |
| 出　　版 | 三聯書店（香港）有限公司 |
| | 香港北角英皇道 499 號北角工業大廈 20 樓 |
| | Joint Publishing (H.K.) Co., Ltd. |
| | 20/F., North Point Industrial Building, |
| | 499 King's Road, North Point, Hong Kong |
| 香港發行 | 香港聯合書刊物流有限公司 |
| | 香港新界荃灣德士古道 220-248 號 16 樓 |
| 印　　刷 | 陽光（彩美）印刷有限公司 |
| | 香港柴灣祥利街 7 號 11 樓 B15 室 |
| 版　　次 | 2022 年 3 月香港第一版第一次印刷 |
| 規　　格 | 32 開（130 × 185 mm）222 面 |
| 國際書號 | ISBN 978-962-04-4917-8 |

© 2022 Joint Publishing (H.K.) Co., Ltd.

Published & Printed in Hong Kong